mdv

Elmar Hucko

Von der Liebe zu den Apfelbäumen

Roman

mdv Mitteldeutscher Verlag

Faust: *(mit der Jungen tanzend).*

Einst hatt ich einen schönen Traum;
Da sah ich einen Apfelbaum,
Zwei schöne Äpfel glänzten dran,
Sie reizten mich, ich stieg hinan.

Die Schöne:

Der Äpfelchen begehrt ihr sehr,
Und schon vom Paradiese her.
Von Freuden fühl ich mich bewegt,
Daß auch mein Garten solche trägt.

(Goethe, „Faust", Walpurgisnacht)

1. Bock wirft die Avocado in den Bio-Müll

Als Joachim Bock eines Morgens im September erwachte, war er Witwer. Aber er wusste es noch nicht. Therese, die bis vor ein paar Stunden seine geliebte Frau gewesen war, lag neben ihm im Bett, als schliefe sie noch. Sie hatte morgens stets länger geschlafen als er. Dafür war sie abends eine Stunde lang wachgelegen, während Joachim gleich wegzuschlummern pflegte.

Es war Sonntag. Joachim zog seinen Hausmantel an und ging leise in die Küche, um wie gewohnt das Frühstück zu bereiten und auf dem großen Tablett ins Bett zu holen. Er wunderte sich nur, dass Therese ihm beim Klappern mit dem Geschirr nichts zurief, wie sie es meistens tat, etwa „Mir kein Ei heute“ oder „Die Äpfel aber gut waschen“. Als er dann das Tablett aufs Bett schob und Therese sich immer noch nicht rührte, wusste er, warum sie geschwiegen hatte.

Ihn überkam ein Gefühl tiefer Beklemmung und eine Ruhe, die aus der Unendlichkeit zu kommen schien, ein Zustand fundamentaler Lähmung, dem er sich ganz und gar hingab. Bock konnte sich später nicht mehr daran erinnern, wie lange dieser Zustand gedauert hatte: Eine Stunde? Eine Minute? Oder vielleicht nur eine unendlich lange Sekunde? Er wusste nur noch, dass das Gefühl der Lähmung schlagartig abgelöst wurde von einem Gefühl der Panik. Der Gedanke, sofort etwas tun zu müssen, war stärker selbst als Schmerz und Trauer. Joachim war Jurist, und als solcher wusste er, dass ein Todesfall in der Familie nur in Grenzen eine private Sache ist. Es sind Formalitäten einzuhalten, und ein Arzt ist herzubitten, um den Tod sachkundig zu bescheinigen.

Gleich gegenüber wohnten zwei Ärzte. Sie waren vor etwa einem Jahr in ihre Häuser eingezogen, hatten sich aber bei Bocks nie vorgestellt. Zwar erwiderten sie den Gruß, vermittelten aber sonst den Eindruck, sie wollten nicht belästigt werden. Einen dieser beiden Ärzte an einem Sonntagmorgen anzurufen und zu sich ins Haus zu bitten, widerstrebte Joachim wie eine nachbarliche Ruhestörung. Hinzu kam, dass er sich sicher war, Therese hätte sich in ihrem Zustand von keinem der beiden beschauen lassen mögen.

Auch den Gedanken an den Notarzt verwarf Joachim gleich wieder. Vor Jahren, als seine Mutter sich in der Badewanne das Leben genommen und er in seiner Aufregung die Nummer des Notarztes gewählt hatte, waren zwei Wagen der Feuerwehr, ein großer und ein kleiner, mit Martinshorn und Blaulicht vorgefahren und hatten außer der Neugier der Nachbarschaft nur eine Unsumme an Gebühren ausgelöst. Lieber den ärztlichen Bereitschaftsdienst, dachte Joachim, das sind nette junge Leute, die unauffällig kommen, wie letzten Monat, als Therese am Wochenende plötzlich Nackenschmerzen bekommen hatte.

Die Nummer des Bereitschaftsdienstes, das wusste Joachim, würde er in der Lokalzeitung finden, aber wo würde er diese finden? Er fand die Kinderpost, wie er das Blatt zu nennen pflegte, schließlich halb unter Thereses Bett. Am Abend hatte sie ihm einen Leserbrief daraus vorgelesen, sie liebte Leserbriefe. Als er sich bückte, um die Zeitung aufzuheben, kam er ihrem Haar sehr nahe. Er roch ihren auch jetzt noch angenehmen Morgenduft, die ihm vertraute Mischung aus Trussardi und leicht abgestandener Schläfrigkeit. Die Zeitung wieder fallen lassend, küsste er Therese dort auf den Nacken, wo sie es gerne hatte. Ihre Haut war schon erschreckend kühl. Tränen traten ihm in die Augen, zu tiefer Trauer fühlte er sich aber noch nicht fähig, zu viele Unannehmlichkeiten warteten noch auf ihn.

Unter der Nummer des Bereitschaftsdienstes meldete sich eine jener konservierten Stimmen, die zum Sprechen nach dem Piepton animieren.

Bock fiel es schwer zu sprechen, er hatte einen Menschen erwartet. Nach langer Pause sagte er dem Automaten seine Personalien und weiter: „Meine Frau ist tot. Ich brauche einen Arzt. Kommen Sie möglichst bald."

„Meine Frau ist tot", hatte er gesagt, und es klang wie ein juristischer Tatbestand. Er schmeckte noch die Kälte des Kusses auf den Lippen, und, so peinlich es ihm war, er spürte, wie sein Verhältnis zu diesem bis vor einer halben Stunde so begehrten Körper schon anfing, sich abzukühlen. Das war nicht mehr Therese, die da lag, es war ein Gegenstand, der aussah wie Therese. Sie liebte er plötzlich mehr denn je, was aber da im Bett lag, ängstigte ihn, und zwar so sehr, dass er nur den einen Wunsch verspürte, das Zimmer zu verlassen und den Blick zu lösen von diesem fremd vertrauten Etwas.

Er hörte die Klingel an der Haustür, und erleichtert stellte er fest, dass er den Arzt kannte. Es war derselbe Dr. Mellwig, der vor einem Monat mit einer Spritze Thereses Nackenschmerzen vorübergehend gelindert hatte. Joachim war erstaunt über diese seltsame Identität, erinnerte sich dann aber an Dr. Mellwigs Hinweis, er sei der Bereitschaftsdienst für alle Wochenenden, das sei seine Praxis, eine andere habe er noch nicht, deshalb könne Therese auch leider nicht seine Patientin werden. Der junge Mann hatte Therese gleich gut gefallen in seiner unverkrampften Art, die unter Bonner Ärzten selten anzutreffen ist. Dr. Mellwig war also genau der Richtige für diese letzte Visite bei Therese. Wie gut, dass Joachim nicht einen der beiden Grußnachbarn von gegenüber gerufen hatte.

Um Thereses Tod amtlich festzustellen, brauchte der Arzt nur wenige Sekunden. Er zog ihren linken Arm unter der weiß bezogenen Decke hervor und fühlte kurz den nicht mehr vorhandenen Puls. Jetzt galt es aber noch, nach der Ursache zu forschen; denn für die amtliche Bewältigung von Todesfällen ist das Wie fast noch bedeutender als das Ob.

Dr. Mellwig schlug die Decke zurück und machte sich daran, Therese zu entkleiden. Davor hatte Joachim, ohne es sich gedanklich auszuformulieren, die ganze Zeit die schauerlichste Angst gehabt. Er fand das alles überaus genierlich. Dabei war ihm völlig klar, dass der Arzt nur das tat, was unbestreitbar hier geboten war.

Thereses Leib lag nackt auf dem weißen Laken und wurde nun von Dr. Mellwig abgetastet und umgedreht, zeigte aber keine Spur äußerer Einwirkung. Ob Thereses Herz in letzter Zeit vielleicht „insuffizient" gewesen sei, wollte der Arzt jetzt wissen, und Joachim verwunderte die Unterstellung, ein jeder Laie sei mit diesem Fachwort vertraut. Ihm war es nur deshalb bekannt, weil Therese es tatsächlich seit Jahren mit dem Herzen hatte, nicht dramatisch, aber doch so beängstigend, dass sie regelmäßig Pillen hatte schlucken müssen, Crataegutt hießen die, und auf dem Beipackzettel war von Herzinsuffizienz die Rede.

Dieselben Pillen waren übrigens auch der Bockschen Dackelhündin Frauke verschrieben worden, als der Hund vor zwei Jahren kurzatmig geworden war. Seitdem hatten sich Frauke und ihr Frauchen aus derselben Schachtel bedient, gemeinsam leidend an der gleichen Unzulänglichkeit des Herzens, die nur noch übertroffen wurde durch die Unzulänglichkeit des Medikaments. Frauke war vor einem Jahr in ihrem Körbchen nachts sanft entschlafen, und jetzt sah es so aus, als habe sich dieses Schicksal auf höherer Ebene wiederholt.

Bock erstattete dem Arzt von alledem Bericht, nur die Parallelgeschichte von der Dackelhündin ließ er weg. Erleichtert über diese rasche Lösung des Problems lächelte Dr. Mellwig Joachim zu, ein Lächeln, das diesem so unpassend erschien wie die folgenden tröstend gemeinten Worte des jungen Arztes: Wenn man einmal davon absehe, dass Sterben immer traurig sei, so könne man sich doch einen schöneren Tod nicht wünschen. Joachim Bock empfand diese Worte des Doktors als Bestätigung seines Vorurteils, dass Ärzte meistenteils zur Dummheit neigten.

Als Dr. Mellwig das Haus am Meisenweg verließ, war es kurz vor elf. Die Sonne stand halb hoch am Himmel, und ihre schräg einfallenden Strahlen erfüllten das am Hang gelegene Haus mit einer Helligkeit, die im krassen Widerspruch zu der hier eingekehrten Trauer stand. Bock verweilte unschlüssig im Hausflur neben dem Garderobenschrank, dessen honigfarbenes Holz im Sonnenlicht aufdringlich glänzte. Gut, er hatte jetzt den Totenschein in der Hand, aber immer noch die Tote im Haus.

Als seine Großmutter vor etwa vierzig Jahren verstorben war, hatte man sie noch zwei Tage im Haus behalten. Sie hatte fein zurechtgemacht in ihrem Bett gelegen, die bleichen Hände gefaltet auf der roten Daunendecke und mit einem Rosenkranz umwunden. Die Tür hatte immer offengestanden, so dass die Großmutter auch im Tode noch an allem teilgenommen hatte, was in der Familie vorgegangen war. Beim Essen in der großen Küche nebenan hatten Joachim und die anderen Enkel zwischen jedem Löffel Suppe ängstlich aufgeregt nach ihr geschaut. Die Tote war wie ein Blickmagnet gewesen, und das halbe Dorf war gekommen, um ihr von Angesicht zu Angesicht die letzte Ehre zu erweisen.

Joachim räumte ein, dass diese Art des Abschiednehmens viel für sich hatte; aber es war nicht seine Art. Er war für eine schnelle Trennung von dem, was ihm da von Therese geblieben war. Jede Form von Totenkult war ihm zuwider. Der Tod war ihm eine geistige Angelegenheit, die nur intellektuell bewältigt werden konnte, jedenfalls von Intellektuellen, und zu denen zählte Bock sich ohne jeden Zweifel.

Er ging erneut in das kleine helle Zimmer, in dem das Telefon stand, und wählte die Nummer des Bestattungshauses Felsenstein. Der Name dieses Unternehmens hatte sich Joachim, der seine Umgebung für gewöhnlich nicht beachtete, eingeprägt. Denn das mittelalterliche, winzig kleine Haus dieses Beerdigers stand angelehnt an einen riesigen Bau gleich in der Nachbarschaft, in dem sich bis vor drei Jahren ein Krankenhaus befunden hatte, das neuerdings aber in ein Altenheim umgewandelt worden war. Joachim fand den braunen Eichensarg in Felsensteins Fenster neben dem Altenheim aufdringlich, ja makaber. Wieder meldete sich nur ein Automat mit einer Stimme, die vermutlich Herrn Felsenstein gehörte und sich mit rheinischem Akzent um einen getragen würdevollen Tonfall bemühte, was auf Joachim aber ein wenig breitmäulig wirkte. Ohne zu scheuen wie beim vorigen Mal, sprach er seinen Text auf Felsensteins Maschine und wartete.

Langsam stieg Bock die Treppe hinunter ins Schlafzimmer. Neben der zugedeckten Therese stand immer noch das große Tablett mit dem Frühstück auf dem Bett. Sein Blick fiel auf die Avocadohälfte, die wie der grüngestrichene Mantel eines Kernkraftwerkes dem Frühstücks-Tableau die Farbe gab. Im gleichen Augenblick war Joachim klar, dass er sie entsorgen müsste. Denn nur Therese mochte Avocados. Er lehnte diese Früchte ab, sie schmeckten ihm zu sehr nach nichts. Seit die Bocks vor einigen Jahren Vegetarier geworden waren, hatte seine Frau immer wieder versucht, ihn umzustimmen, und dabei den Begriff Urwaldbutter als Köder ausgelegt. Umsonst, Joachim war seiner Deutschen Markenbutter treu geblieben. Die halbe Avocado dort würde in diesem Hause niemand mehr zu sich nehmen, dachte Joachim, ging in die Küche und warf sie in den Abfalleimer für den Biomüll. Und mit diesem Handgriff begann sich in ihm das Bewusstsein auszubreiten, dass nichts mehr war wie früher. Wieder traten ihm Tränen in die Augen, ein starkes Mitleid mit sich selbst hatte ihn erfasst.

Weinend und wartend blieb er in der Küche stehen, sich zu setzen, widerstrebte ihm. Er hätte nicht sagen können, wie lange er so dagestanden hatte, als die Türklingel ihn aus seiner Dumpfheit riss. Es war Herr Felsenstein, begleitet von einem Gehilfen. Felsenstein hatte einen dunklen Anzug an und war blass. Er war kleiner und schlanker, als Joachim es nach der voluminösen Stimme auf dem Telefonbeantworter erwartet hatte. Der Gehilfe war grobschlächtig und stark und trug ein sargähnliches Behältnis, in welches Thereses Körper jetzt gebettet werden sollte.

Wenig später war Thereses Leib nicht mehr im Haus.

2. Trostlos in Sankt Augustin

Joachim Bock hatte schlimme Wochen hinter sich. Zwei Monate lag Therese jetzt schon auf dem Burgfriedhof, keine zwanzig Meter entfernt von Herbert Wehner, an dessen Grab sie und Joachim so manches Mal abends vorbeispaziert waren. Die letzten Worte und den Segen hatte Bocks Vetter, der Dechant Holger Löhring, gesprochen. Wie immer hatte er das gut gemacht, würdig, aber nicht zu steif, persönlich, aber dennoch mit dem Abstand, den Amt und Tod verlangten und der den Trauernden auch Schonung gab.

In ihren Gesprächen über die „letzten Dinge", und sie hatten sich öfter darüber unterhalten, hatte Therese stets Wert auf ein christliches Begräbnis gelegt. Seit langem hatte sie zwar keine Messe mehr besucht, katholisch aber war sie stets geblieben mit viel Verständnis für den Papst und wenig Sinn für funebrale Neuerungen. Kein Feuer, kein Seebegräbnis, ganz normal auf dem Friedhof in ein Grab gelegt werden wollte sie mit einem Priester, der das sprechen sollte, was üblich war.

Die Verrichtungen des Abschieds hatten Joachim durch ihre Furchtbarkeit betäubt, aber doch auch ein wenig abgelenkt. Voll zur Besinnung war er erst gekommen, als er am Abend nach dem Abschied der Verwandten allein sein Haus betreten hatte. Seitdem hielt ihn der Schreck der Leere fest in seinem Bann. Leer war sein Haus, und leer erschien ihm jetzt sein ganzes Leben. Deshalb fand er es durchaus dankenswert, dass ihn sein Chef Werner Stimpel und dessen Lebensgefährtin Olga Müller an diesem grauen November-Samstag zum Abendessen eingeladen hatten.

Auch wenn er sich von diesem Abend für die Linderung seiner Leere nicht viel erwartete, so tat ihm doch die Anteilnahme der Stimpel-Müllers gut. Die neuerdings fast Mode gewordene Kritik am Mitleid verstand er nicht. Dass Werner Stimpel sein Chef geworden war, hatte Bock ihm längst verziehen. Stimpel hatte einfach mehr Glück gehabt. Vor vielen Jahren hatten sie fast gleichzeitig den Dienst im Bundesministerium für Wirtschaft begonnen und sich angefreundet, bis zum Du. Dann war Werner Stimpel wegen seiner Mitgliedschaft in der F.D.P Persönlicher Referent eines der vielen Staatssekretäre des Ministeriums geworden, und da er acht Jahre lang früh aufgestanden und nie unangenehm aufgefallen war, hatte ihm das jener Staatssekretär so gedankt, wie es seit jeher üblich war: durch Beförderung. So war er nun Bocks Chef.

Bocks Kusine Luise hatte ihm das alles schon vor Jahren orakelt. Er werde leider nicht mehr befördert, das wisse sie aus einer Zeitschrift beim Friseur. Zwei Voraussetzungen nämlich, so die Zeitschrift, müsse jemand erfüllen, wenn er ganz nach oben kommen wolle. Erstens zeige die Erfahrung, dass einsilbige Namen ihre Träger steil nach oben brächten. Beispiele, so Luise, böten die Namen Brandt und Schmidt und Kohl, auch Heuß und Scheel, aus dem Ausland seien Heath und Bush und Charles de Gaulle zu nennen, für die Welt der Wirtschaft Bosch und Flick und Krupp.

Das hatte Bock damals stark beeindruckt. Denn tatsächlich hieß ein Staatssekretär seines Ministeriums Schlecht, und Präsident des Bundeskartellamtes war kurz zuvor sein früherer Chef Hahn geworden. Der Name Bock, so Luise, habe sie bei der Lektüre beim Friseur zunächst für ihren Vetter hoffen lassen. Dann aber habe sie leider doch schwarz für ihn sehen müssen. Noch wichtiger, so die Zeitschrift nämlich, seien für die Karriere große Ohren. Ohne die gehe es nun einmal nicht. Joachim hatte das zunächst nur komisch gefunden, dann aber an Hans Dietrich Genscher denken müssen und viele andere mit großen Ohren. Jetzt war er überzeugt. Er selber hatte winzig kleine Ohren, die von Werner Stimpel maßen fast das Doppelte. Diesen riesigen Karriere-Vorteil musste man einfach hinnehmen, zumal Stimpel Bock gegenüber so geblieben war wie früher: ein wirklich netter Mensch.

Derart eingestimmt fuhr Bock in die ins freie Feld gesetzte Ansammlung gutbürgerlicher Bungalows ein, parkte seinen Volvo vor der Nummer 17a, deren Fenster hell erleuchtet waren, und wurde wohltuend herzlich aufgenommen. Außer ihm hatten die Stimpel-Müllers noch das Ehepaar Lauber und Frau Dr. Rödler eingeladen. Kurt Lauber war ein Kollege aus dem Wirtschaftsministerium, wo er sich mit Europa und der Landwirtschaft beschäftigte. Seine Frau Elfie arbeitete als Lokalreporterin beim General-Anzeiger und wirkte stets ein wenig überdreht, während Kurt Lauber sich nie aus der Ruhe bringen ließ. Frau Dr. Rödler schließlich war eine Juristin aus dem Bundesministerium der Justiz; sie betreute von dort aus das Wirtschaftsministerium in allen rechtlichen Angelegenheiten.

Die Unterhaltung wandte sich gleich Bock zu mit der Frage von Elfie Lauber, wie er denn ohne Therese so zurechtkomme mit seinem Leben. Das passte gut zu Elfie, sie war stets direkt und sagte, was sie meinte, wenn sie auch manchmal Schwierigkeiten hatte, das Gemeinte so zu formulieren, dass man es verstand. Einfach jämmerlich fühle er sich, war seine Antwort, und die drei Frauen blickten ihn mitfühlend an, wie Tierfreunde ein angeschossenes Reh, eine Rolle, die Bock so sehr genoss, dass er vom Selbstmitleid übermannt, sich zu dem Aufschrei verleiten ließ, während gleichzeitig sein Blick auf die mit einem aufreizend ultramarinblauen Stoff neu überzogene Sitzgruppe fiel: „Wenn man wenigstens noch den Glauben hätte!“

Es war der sonst meist schweigende Kurt Lauber, der Bock beisprang und die Situation rettete: Apropos Glauben. Seine Tante habe ihm dazu gestern eine schöne Geschichte erzählt. Die Tante sei neunzig und der dazu gehörige Onkel vierundneunzig. Beide seien katholisch und gingen jeden Sonntag in die Kirche. Am Sonntag vor zwei Wochen aber habe der Onkel wie aus heiterem Himmel einfach nicht mehr mit zur Messe gehen wollen. Es sei ihm dort zu langweilig, habe er als Begründung angegeben. Und als die Tante, um den Onkel umzustimmen, schwärmend auf siebzig Jahre gemeinsamen Kirchgangs hingewiesen habe, sei sie vom Onkel mit der boshaften Bemerkung abgefertigt worden: „Das ist es doch gerade. Es war schon immer langweilig.“ Alle fanden Kurt Laubers Geschichte köstlich und lachten durcheinander.

Werner Stimpel bat an den runden Tisch, der in dem hinteren, dem Fenster abgewandten Teil des großen Raumes stand, und begann, den ersten Gang aufzutragen, einen von ihm selbst zubereiteten Salat mit Knoblauchcroutons und gehobeltem Parmesan. Joachim erhielt als Tischdame Frau Dr. Rödler, die ihm nicht unsympathisch erschien. Sie sprach ein unverfälschtes Schwäbisch und war mit einem vollen, hoch ansetzenden Busen ausgestattet, der auf einen Mann wie Bock, der Sinn für solche Üppigkeiten hatte, starken Eindruck machen musste. Auch deshalb, weil im Falle Dr. Rödler der Busen derart hoch ansetzte, dass er praktisch gleich unterm Hals begann.

Als die Unterhaltung einen Moment stockte, warf Joachim die Frage in die Runde, was denn Frau Dr. Rödler als Justizjuristin von dem höchstrichterlichen Spruch halte, Soldaten dürfe man straflos Mörder nennen. Er hatte diese Entscheidung nicht verstanden. Die Expertin kaute noch ein wenig am Salat, schluckte und legte los: Es sei unerträglich, wie neuerdings nur Frauen aus der SPD in solche Ämter kämen. Sie werde es dem Verfassungsgericht nie verzeihen, sollte es sie in ihrem Prozess um die Beförderung zur Unterabteilungsleiterin im Stich lassen. Durch drei Instanzen habe sie ihr Ministerium jetzt verklagt und ihr Recht immer noch nicht bekommen. Jetzt bleibe ihr nur noch die Verfassungsbeschwerde. Die habe sie vor zwei Wochen eingelegt, jedoch aus Zeitnot vor dem Fristablauf nur mit der Hand geschrieben auf 25 losen Blättern, die sie in den Nachtbriefkasten des Gerichts geworfen habe. Das sei rechtlich zwar in Ordnung, aber doch unschön. Und deshalb habe sie das Gericht aufgefordert, die Zettel herauszugeben, damit sie sie abschreiben und gegen eine getippte Fassung austauschen könne. Das aber hätten ihr die „Verwaltungshengste" des Gerichtes verweigert. Die bestünden auf dem Verbleib der Zettel bei den Akten. Diese Ignoranz gleich zu Beginn lasse auch für die Hauptsache Böses ahnen. Bock, der nie ein Gericht angerufen hätte, schon gar nicht zwecks der eigenen Beförderung, spürte, wie seine Begeisterung für den hochangesetzten Busen merklich nachließ.

Nach dem missglückten Auftritt der schwer erregten Schwäbin versuchte es die Gastgeberin Olga Müller mit einem neuen Thema. „Was sagt Ihr denn dazu, wie Marcel Reich-Ranicki unseren Günter Grass fertig macht?" Sie sah dabei Elfie Lauber an, die in Abendkursen auf dem verspäteten Weg zum Abitur war und für alles Literarische ein Faible hatte, wurde aber unterbrochen durch Werner Stimpel, der den zweiten Gang auftrug: Boef Stroganoff, Buschbohnen und Kartoffelpüree. Doch nachdem alle Teller gefüllt waren, griff die offenbar stark grassophile Elfie Lauber ihr Stichwort sogleich auf: „Das ‚Weite Feld' habe ich leider noch nicht gelesen; aber in unserem Leistungskurs Frieden durch Literatur diskutieren wir gerade das ‚Treffen in Telgte'. Schon der erste Satz ‚Gestern wird sein, was morgen gewesen ist.' einfach genial!", und Elfie Lauber gab, ehe sie sich selbst dem Rindfleisch widmete, mit ein paar Sätzen Einblick in ihre Erschütterung über das große Fressen in Telgte, bei dem die dort versammelten Friedensfreunde sich über geraubte Gänse, Ferkel und Hammel hergemacht hätten, die Augen vor dem offenbaren Unrecht fest verschlossen.

Nach einigen Bissen und dem ersten Toast kam Elfie Lauber auf die „Kopfgeburten“ zu sprechen, die in ihrer Werksausgabe aus der Büchergilde Gutenberg sich mit dem ‚Treffen in Telgte‘ einen Band teilten, weshalb sie sie gleich mitgelesen habe. Ihr habe imponiert, mit welcher Sachlichkeit sich Harm und Dörte Peters, die beiden Helden, der Zeugung ihres Kindes genähert oder besser nicht genähert hätten. „Ist es nicht wirklich unverantwortlich, ein Kind in diese Welt zu setzen? Wenn ich daran denke, wie unüberlegt ich Axel und Beate empfangen habe!“

„Das ist aber nun wirklich ein sehr weites Feld, Schatz“, fuhr Kurt Lauber dazwischen, der fürchten musste, dass seine Gattin Elfie, einmal in Fahrt, jetzt auch noch die näheren Umstände der Zeugung ihrer Kinder offen legen würde. „Wir haben unsere Ausgangsfrage ganz aus dem Blick verloren: Hat denn sonst jemand das neue Buch von Grass gelesen? Sie vielleicht, Herr Stimpel?“ wandte er sich an den Gastgeber.

Joachim wusste, was jetzt kommen würde. Ihm hatte Werner früher schon einmal offenbart, wie er seine Lektüre „manipulationsfrei“ auswählte. „Es ist mir völlig unverständlich“, hörte Joachim Werner sagen, „wie sich die meisten Menschen bei der Auswahl dessen, was sie lesen, von einigen wenigen manipulieren lassen, die ihnen sagen, was man lesen muss.“ Er habe sich dieser Fremdbestimmung schon vor vielen Jahren ein für allemal entzogen. „Wenn ich lese, und ich lese viel, dann soll bei der Auswahl meiner Lektüre jedes Buch am Wettbewerb beteiligt sein. Das ist die freie Marktwirtschaft.“

Die Laubers und Frau Dr. Rödler, denen die nun folgenden Gesetze der Stimpelschen Buchmarktwirtschaft noch fremd waren, sahen ihn mit erwartungsvollen Mienen an. Um allen Büchern eine Chance zu geben, so Werner Stimpel im Tonfall eines Erweckungspredigers, habe er sich ein Literaturlexikon gekauft, acht dicke Bände mit Tausenden von Titeln.

Daraus wähle er ohne fremde Einflussnahme aus, und zwar mit Hilfe eines Würfels. Zuerst würfele er um den Band, aus dem der Titel stammen solle. Dann würfele er sich weiter auf die Seite des gezogenen Bandes, und der dritte, entscheidende Wurf gelte einem der Buchtitel auf dieser Seite, ganz gleich welcher Titel das sei. Manchmal seien es sehr alte, ausgefallene Werke, die es im Handel nicht mehr gebe. Dann suche er in Bibliotheken. Immer sei es ihm bisher gelungen, die Bücher, zu denen er sich durchgewürfelt habe, zu bekommen. Gerade lese er „Ausgewählte Erzählungen" von Marie von Ebner-Eschenbach, zwei Bände, die er sehr empfehlen könnte, wenn er das Empfehlen von Büchern nicht für einen unerlaubten Eingriff in die Selbstbestimmung hielte.

Die Runde war tief beeindruckt; nur Kurt Lauber äußerte einen letzten Zweifel. Die Würfeltechnik sei ihm noch nicht ganz klar. Wie Stimpel denn aus acht Bänden mit nur einem Würfel eine korrekte Auswahl treffen könne. Werfe er den Würfel nur einmal, könnten nur die Bände eins bis sechs zum Zuge kommen, bei zwei Würfen aber werde auf jeden Fall der Band eins diskriminiert. „Ganz recht", erwiderte darauf Werner Stimpel, „und genau darum erlaube ich mir ein übers andere Mal zwei Würfe, so bleiben auch die Bände sieben und acht im Spiel. Beim Würfeln um die Seiten ist es übrigens ähnlich. Hier würfele ich regelmäßig dreimal, jedes fünfte Mal gibt es nur zwei Würfe und jedes Schaltjahr einmal nur einen Wurf."

Nun war auch Kurt Lauber zufrieden. Ja, er schien von Stimpels Würfel-Wirtschaft so beeindruckt, dass er unverzüglich auf ein Parallelproblem zu sprechen kam. Er, Lauber, besitze, wie Stimpel ja wisse, eine umfangreiche Sammlung von Jazz-Schallplatten, etwa dreißigtausend Stück. Die seien ihm alle lieb und wert, und er höre täglich eine, sonntags auch mal zwei. „Und deshalb kümmert er sich auch so gut wie nie um mich", warf seine Frau Elfie boshaft dazwischen, was Kurt Lauber geflissentlich überhörte, die Sache mit seinen Platten war ihm jetzt zu wichtig. Er könne, Urlaub und Krankheiten schon berücksichtigt, im Jahr nicht mehr als dreihundertfünfzig Platten hören. In zehn Jahren mache das dreitausendfünfhundert Platten, und wenn man berücksichtige, dass er seine Sammlung laufend komplettiere, brauche er weit über hundert Jahre, um jede Platte auch nur einmal anzuhören. Das sei sein Problem, und der Gedanke an die vielen schönen Platten, die er nie mehr werde hören können, belaste wie ein trauriger Unterton auch jene Platten, die er täglich höre. Wichtig sei in dieser Lage natürlich die Auswahl der Platten für den täglichen Genuss. Und dabei könne ihm Stimpels Würfeltechnik, leicht abgewandelt, vielleicht helfen.

Joachim Bock kam Laubers Platten-Dilemma genauso absurd vor wie vorhin der Auftritt der streitbaren Schwäbin. „Ihre Probleme möchte ich haben!“ brach es, lauter als er es wollte, aus ihm heraus. Was ihm sehr peinlich war. Denn damit stürzte das Gespräch aus seiner munteren Höhe sofort ab ins Nichts. Joachim bat um Verzeihung; aber alle, auch Kurt Lauber, gaben ihm recht. Mit einem Male war ihnen der eigentliche Anlass dieses Abends wieder gegenwärtig: Man hatte einen Witwer trösten wollen.

Vor allem Olga Müller, die Hausherrin, fühlte sich nach diesem Zwischenfall aufgerufen, sich Joachims anzunehmen. Nach dem Motto „Was meinem Mann bekommt, das ist für alle Männer gut“ versuchte sie, Bock für einen maritimen Segelkurs zu erwärmen. Sie stamme bekanntlich aus Bremen, wo man segele. Sie und ihre beiden Brüder könnten segeln, ihr Lebenspartner Stimpel aber leider nicht. Deshalb habe sie ihn vor vier Wochen kurzerhand und ohne ihn zu fragen bei der Volkshochschule für einen Segelkurs angemeldet. Werner habe jetzt schon siebenmal teilgenommen und sei voll bei der Sache. Noch gestern habe er spät abends als Hausaufgabe zwischen Fär-Öer und den Shetland-Inseln navigiert. Damit wandte sie sich Werner Stimpel zu mit einem Blick, in dem die Weisung lag, nun seinerseits das Loblied auf den Segelkurs zu singen, was dieser denn auch unverzüglich tat. Er schwärmte vom Navigieren auf hoher See, ausgeführt in einem Hörsaal der Volkshochschule, konnte sich sogar an den mathematischen Berechnungen erfreuen, die er dabei auszuführen hatte, und erläuterte seinem Auditorium ausführlich die Besonderheiten der Seekarte für die Regionen, die nahe bei den Polen liegen.

Die Erde, so Werner Stimpel, sei bekanntlich eine Kugel. In Ermanglung der dritten Dimension weise die Seekarte die Erdoberfläche nun aber aus, als bilde sie einen Zylinder. Dadurch erführen die polnahen Gegenden eine Streckung, etwa so, wie wenn man bei einem Küchenfenster die unten gerafften Spanngardinen wieder auseinander zöge. Dadurch seien die Ost-West-Entfernungen natürlich überdehnt und falsch. Je näher der Segler dem Nordpol oder Südpol komme, desto schlimmer werde es. Die Kunst des Navigierens bestehe nun darin, die entstandene Verzerrung herauszurechnen, so dass im Zylinder die Kugel mitgesehen werde.

Zwischen Nachtisch und Mocca wusste Stimpel von weiteren erstaunlichen Fähigkeiten zu berichten, die er dem Segelunterricht verdanke. Er könne jetzt zum Beispiel auf die Minute genau vorausberechnen, wann am Pfingstsonntag nächsten Jahres in Ostende die Flut ihren höchsten Stand erreiche. Diese Fähigkeit könne in bestimmten Situationen für den Segler und sein Boot entscheidende Bedeutung haben. Laufe der Segler etwa in der Nacht vor Pfingsten im Hafen ein, wo schon alles schliefe, vertäue er sein Boot nur dann richtig, wenn er die Flut korrekt berechnet habe. Herrsche zum Beispiel gerade höchste Flut und binde der Segler zu kurz an, dann gebe es in der Kajüte am anderen Morgen ein böses Erwachen. Während der Nacht sei der Wasserspiegel gesunken, das zu kurze Tau habe ein Mitsinken des Bugs verhindert, und am Morgen hänge das Boot senkrecht an der Hafenwand. „Wie damals das Pferd des Barons von Münchhausen an der Kirchturmspitze", rief Kurt Lauber begeistert dazwischen. „Und wenn der Segler bei tiefster Ebbe ankommt und sein Boot unten an der Hafenwand zu eng anbindet, dann steigt das Wasser in der Nacht, und am Morgen, wenn er aufwacht, ist der Segler schon ertrunken", spann Kurt Lauber das Seemannsgarn weiter und lachte als einziger laut über seinen eigenen Witz, während Werner Stimpel beleidigt schwieg, weil man seine Segelkünste offenbar ins Lächerliche zog.

Bei Joachim Bock hatte der gut gemeinte Tröstungsversuch der Hausfrau eher das Gegenteil bewirkt: Je länger Stimpel von seinem Segelkurs schwärmte, desto trauriger war er geworden. Er konnte nun mal den Freuden des Wassersports nicht viel abgewinnen. Er fuhr am liebsten in die Berge, große Wassermassen weckten bei ihm eher ängstliche Gefühle, aber woher sollte Olga Müller das wissen.

Bei der Rückfahrt nach Godesberg dachte Joachim an die ultramarinblaue Stimpelsche Sitzgarnitur und hätte gern gewusst, was wohl Therese dazu gesagt hätte, wahrscheinlich: „Indiskutabel!" Joachim war nicht so streng. Als er von der Brücke aus die angestrahlte Godesburg erblickte, wurde ihm bewusst, dass die Blumen auf Thereses Grab, einen Steinwurf von der Burg entfernt, in dieser Nacht dem ersten Frost zum Opfer fallen würden. Ihn fror.

3. Anteil nahm nur der Orang Utan

Joachim Bock holte eine Flasche Orvieto aus dem Keller, setzte sich aufs Sofa in der Bibliothek und ließ sich von einem Nachtprogramm im Radio berieseln. Seit das Unglück über ihn gekommen war, erleuchtete er abends sein Haus in allen Räumen, trank er mehr Wein und hatte er angefangen, mit sich selbst zu sprechen.

Von seinem Sofa aus sah er links nur Bücher und rechts eine Wand, an der zwei Bilder hingen. Aus dem ersten, einer Kohlezeichnung von Helene Moch, sah ihn ein Orang Utan an. Bock merkte es nur an der Körpersprache, denn Augen hatte die Künstlerin dem Affen vorenthalten. Auf dem Aquarell daneben ritten Don Quichotte und Sancho Pansa friedlich nebeneinander. Da die Bibliothek direkt in den Wohnraum überging, konnte Bock von seinem Sofa aus auch nebenan die Collage mit Greta Garbos überlebensgroßem, blassen Antlitz sehen, diese schönen blauen Augen, die ins Weite blickten. Diese vier, die Diva, der spinnerte Ritter mit seinem bäuerischen Knecht und der Affe, der ihn mit unsichtbaren Augen eindringlich ansah, das waren die Gefährten seiner Abende. Anteil nahm aber nur der Affe; die drei anderen waren zu sehr mit sich selbst beschäftigt.

Das erste Glas Orvieto war leer; es hatte ihn beruhigt und zugleich so wach gemacht, dass er sich nun offen fühlte, sich zuzuhören. Doch zunächst einmal hörte er nur Lieder aus dem Radio. „Kein Schwein ruft mich an, keine Sau interessiert sich für mich“, jammerte ein Mann aus dem Äther. Ein Leidensgenosse, dachte Joachim und führte das zweite Glas zum Mund. Doch als der Refrain „Kein Schwein ruft mich an“ zum zweiten Mal zu hören war, begriff er, dass ihm dieser schnodderige Klagesänger etwas Wesentliches voraus hatte: Anders als er war dieser schon in der Lage, mit seinem Unglück selbstironisch umzugehen. Wer erst einmal so weit ist, dachte Joachim und schenkte sich ein drittes Glas ein, der hat auch eine Chance. Dem hört man zu, nicht nur aus Mitleid, sondern weil Ironie und Witz anziehend wirken.

Plötzlich verspürte Joachim einen leichten Hunger. Auf dem Weg zur Küche, die eine Halbetage tiefer lag, merkte er deutlich, wie er schwankte. Mit Salzstangen kehrte er zurück aufs Sofa, trank die Flasche leer und dachte darüber nach, wie es mit ihm weiter gehen könnte. Es fiel ihm nichts ein; außer dass er eine neue Flasche Orvieto brauchte. Doch die drei Treppen bis zum Keller traute er sich nicht mehr zu. So holte er sich aus dem kleinen Rattanregal im Wohnzimmer nebenan die Grappaflasche. Wenn man das, was danach in ihm vorging, noch Denken nennen konnte, so dachte er: „Beschissen, aber na wenn schon!" Der vornüber auf den rechten Arm gestützte Orang Utan sah ihn jetzt noch mitfühlender an, die wenigen Kohlestriche hatten sich freilich schon verdoppelt, worunter das Kunstwerk sehr litt.

Als Joachim am nächsten Morgen in Hemd und Unterhose erwachte, Anzug, Schuhe und Krawatte waren im Zimmer verstreut, und alle Lichter brannten, fühlte er sich zwar rundum elend, durch den Schleier der langsam nachlassenden Trunkenheit dämmerte ihm aber, dass er in dieser Nacht etwas Positives gespürt und gedacht hatte. Was, das wusste er nicht mehr.

Erst als er später die Bibliothek aufräumte und auf dem Acryltisch neben dem Grappa ein Scheckformular mit der Aufschrift „Plötzlicher Witwer sucht Neubeginn" entdeckte, fiel ihm nach und nach einiges ein. Das Formular stammte zweifellos aus seinem eigenen Scheckheft, und die Handschrift war eindeutig die seine. Auch der Spruch kam ihm bekannt vor. Er erinnerte sich an Gespräche mit Therese, die ihn manchmal halb belustigt, halb besorgt gefragt hatte, was denn einmal aus ihm werden solle, wenn sie nicht mehr sei. Er hatte dann stets so getan, als ob er die Frage ernst nähme, und immer prompt geantwortet, allein könne er nicht bleiben, er müsse sich dann wohl eine Neue suchen, als Sandwich-Mann auf dem Bonner Marktplatz. Und auf die Pappschilder würde er schreiben: „Plötzlicher Witwer sucht Neubeginn". Dann könnten sich die Bonner Damen ja bei ihm melden.

Therese hatte dieser Satz nicht sonderlich gefallen. Mehrmals hatte sie ihn im Laufe der Jahre gefragt, ob er sich nicht ein Leben im Kloster vorstellen könne. In der Zeitung habe sie von mehreren katholischen Männerorden im Bonner Raum gelesen, die Nachwuchssorgen und dadurch reichlich Platz für Spätberufene hätten. Vor allem die Kreuzherren in Limperich hatten es Therese angetan, ein kleiner holländischer Orden aus dem dreizehnten Jahrhundert mit weltweit nur fünfhundert Mitgliedern. Eine Handvoll davon, so fuhr Therese geradezu missionarisch fort, führe hier in Bonn in einer Trutzburg aus Backstein und Beton ein Familienleben zwischen Laudes und den Tagesthemen. Dort sei er auf jeden Fall besser aufgehoben sei als in einem Altenheim.

Bock hatte den Vorschlag nicht so schlecht gefunden, sich aber noch viel zu jung gefühlt für eine solche Männerwirtschaft, und daran hatte sich auch in den letzten Wochen nichts geändert. Im Gegenteil, er war sich mehrmals schon wie Papageno vorgekommen. Die Kreuzherren würden also noch eine Weile auf ihn warten müssen, dachte er, und dabei fiel sein Blick wieder auf das Scheckformular neben der Grappaflasche. Der Neubeginn, der dort an der Stelle stand, wo eigentlich die Unterschrift zu stehen hatte, dieser Neubeginn war wohl wirklich dort zu suchen, wo er ihn unbewusst im Rausch geortet hatte. Zu den Radio-Klängen eines Walzers von Johann Strauß senior sprach Bock laut vor sich hin: „Ja, ich brauche wieder eine Frau."

Seltsam erleichtert stand er auf, ordnete alles, was in der Nacht in Unordnung geraten war, und brachte die leeren Flaschen in den Keller. Als er an der Mülltonne vorbei kam, fiel ihm auf, dass deren Deckel offenstand, und als er näher hinsah, bemerkte er, dass offenbar jemand in der Nacht sämtliche Schuhe Thereses hineingeworfen hatte. Sogar die schweren Wanderschuhe, sie lagen obenauf. Nach kurzer Unschlüssigkeit ließ er es dabei und schloss den Deckel.

4. Auch die meisten Apfelbäume sind schon tot, nicht nur im Drachenfelser Ländchen

Joachim Bocks einzige Passion waren die Apfelbäume. Nicht irgendwelche, sondern die auf den Streuobstwiesen im Drachenfelser Ländchen. Seit nunmehr zwei Jahren machte er sich fast jeden Samstagmorgen auf den Weg hinauf zu jenen Dörfern oberhalb von Godesberg, von deren Höhe aus man den Drachenfels im Rechtsrheinischen so nahe sieht, als läge das Flusstal nicht dazwischen.

Angefangen hatte das bergige Hobby drunten im Tale, auf dem Weihnachtsmarkt in Mehlem, wo ihm eine nette junge Dame von irgendeiner Bürgerinitiative, wie er vermutete, ein hektographiertes Schreiben in die Hand gedrückt hatte. Als höflicher Mensch hatte er sich mit einem Lächeln bedankt und den Wisch ein paar Schritte später achtlos in die Manteltasche gesteckt, wo er ihn an einem der nächsten Tage auf der morgendlichen U-Bahnfahrt ins Ministerium entdeckte und zunächst leicht belustigt, dann mit wachsendem Interesse las:

„Die Streuobstler stellen sich vor:

Angefangen hat alles damit, dass Anneliese Bauer sich bei ihren Spaziergängen durch das Drachenfelser Ländchen über den traurigen Zustand der Streuobstwiesen grämte. Die alten Apfel- und Birnbäume waren über zwanzig Jahre nicht geschnitten worden und dicht zugewachsen. Abgebrochene Äste und Kronen ließen manchen Baum wie eine Ruine aussehen. Im Herbst lagen die Früchte zentnerweise am Boden und faulten vor sich hin. Die meisten Obstwiesen aber waren von ihren Bauern schon seit Jahren abgeholzt.

Da fasste sich Anneliese Bauer im Herbst ein Herz und fragte einen von den Bauern, ob sie die Äpfel auf seiner Wiese aufheben und die Bäume im nächsten Winter wieder einmal schneiden dürfe. Der Bauer hatte nichts dagegen, und Anneliese sammelte zehn Zentner Äpfel und schaffte sie zur Mosterei.

Am Tag darauf war sie zwar froh über das Erreichte, aber vom Bücken und Säckeschleppen schmerzte ihr Rücken so sehr, dass sie nicht aus dem Bett aufstehen konnte. Da war ihr klar: So etwas geht nur im Verein. Und so entstanden wir. Zuerst waren wir nur einige Freunde und Bekannte Annelieses. Heute sind wir über fünfzig Leute.

Mit mehreren Bauern sind wir einig, dass wir ihre Bäume schneiden und die Früchte ernten dürfen. Auch die ersten Neuanpflanzungen auf früher abgeholzten Wiesen sind schon geschafft.

Wir sind eine bunte Truppe. Zwanzig bis fünfundsechzig Jahre alt, Studenten und Beamte, Angestellte vom Gärtner bis zur Apothekerin. Neben Hans Bösert, der beim städtischen Gartenamt arbeitet und vom Baumschnitt was versteht, sind da auch solche, die nur begeistert waren, aber vom Leben eines Baumes bisher nichts wussten.

Vom Herbst bis zum Frühjahr treffen wir uns fast jeden Samstag um neun Uhr mit Leitern, Sägen und Gartenscheren und schneiden die verwilderten Obstbäume. Im Herbst sammeln wir die Äpfel und die Birnen und lassen sie zu Saft pressen, den wir verkaufen. Die Arbeit zeigt Erfolg. Immer mehr alte Bäume haben wieder eine gepflegte Gestalt und eine Zukunft. Etliche neu gepflanzte Bäumchen zeigen deutlich, dass sich in den Streuobstwiesen etwas tut.

Hans Bösert hat inzwischen den nur Begeisterten viel beigebracht. Die Arbeit macht der ganzen Gruppe großen Spaß. Könnten Sie sich nicht vorstellen, dass sie auch Ihnen Spaß macht? Wir würden uns über Ihre Hilfe freuen.“

Noch am selben Tage hatte Joachim Bock die angegebene Kontaktadresse (es war die von Anneliese Bauer) angerufen und sich für den nächsten Samstag zum Streuobstwiesen-Einsatz verpflichtet.

Seitdem waren ihm die Apfelbäume dort droben im Drachenfelser Ländchen zu einer kleinen Leidenschaft geworden. Vielleicht waren in dieser neuen, starken Neigung zum Hegen, Pflegen und Sägen seine bäuerlichen Ahnen wieder auferstanden. Sein Großvater väterlicherseits war noch ein Bauernsohn gewesen in einem jener Zuckerrübendörfer rund um Jülich. Matthias hatte er geheißen und so gut gelernt, dass er vom Pfarrer zum Priester auserkoren worden war. So hatte er das Dorf verlassen; Priester war er aber nicht geworden, Joachims Großmutter wegen. Welch ein Glück, dass er nur Lehrer geworden war; denn sonst wäre Joachim wahrscheinlich nicht auf die Welt gekommen und könnte jetzt nicht zu den Apfelbäumen fahren.

Die ländliche Tätigkeit am Ende seiner ministeriellen Arbeitswoche brauchte Bock so nötig wie ein Arbeiter sein Bier in der Kneipe am Freitag nach der letzten Schicht. Was immer sich am Schreibtisch oder in Besprechungen in ihm angestaut oder festgefressen hatte: Wenn er mit seinen Streuobstfreunden Äste sägte, Pflanzlöcher grub oder im Herbst Birnen in große Körbe sammelte, lockerte sich alles in ihm, und die Sinnfrage konnte ihn nicht mehr bedrücken. Drei Stunden, und seine Seele war gesund. „Wie schön“, dachte er in diesen Stunden oft, „dass ich wenigstens am Samstag etwas Sinnvolles tun kann!“

An diesem Samstag hatte Bock die Begegnung mit den Apfelbäumen nötiger denn je, die vergangene Woche hatte ihn ziemlich gezaust, und zwar beruflich wie privat. Im Ministerium hatte er gehetzter als zuvor an dem Entwurf einer Neufassung des Kartellgesetzes zu arbeiten gehabt. Das jetzt dreißig Jahre alte „Grundgesetz der Wirtschaft", wie es manche nannten, sollte grundlegend umgemodelt werden. Der Staatssekretär wünschte ein Kartellrecht wie das der Europäischen Gemeinschaft und hatte den Minister bereits dazu gebracht, diesen Wunsch zum Regierungs-Programm zu erklären. Andere wünschten, das Kartellrecht möge genau so bleiben, wie es war, und machten Bock durch ihre Aufsätze und Eingaben zu schaffen. Erst letzte Woche wieder hatte sich ein bekannter Mannheimer Professor über Bocks ersten Rohentwurf hergemacht und ihn in einem bissigen Aufsatz in der Neuen Juristischen Wochenschrift geistvoll in der Luft zerrissen.

Fast noch mehr als die zähe Arbeit am „Grundgesetz der Wirtschaft" bewegte Bock die ganze Woche über die Frage, wie er es anstellen könnte, wieder eine Frau zu finden. Am Montag stand für ihn fest, dass er annoncieren würde. Am Dienstag war ihm klar, wo: im Lokalblatt. Zuschriften aus München oder Hamburg brächten nur zusätzliche, interregionale Schwierigkeiten. Doch bis gestern Abend hatte er vergeblich über einem Text gebrütet. Gut, fest stand, er würde keine Forderungen stellen, auch zum Alter nicht, gab es doch Menschen, die schon mit fünfundzwanzig reifer waren als so mancher Greis. Und es gab Greise, die es irgendwie geschafft hatten, ewig jung zu bleiben. Auch andere Vorgaben hielt er nicht für angebracht. Ein Studium war ihm ebenso recht wie kein Studium. Geld war nicht nötig, aber auch nicht hinderlich. Joachim war Nichtraucher; aber warum sollte eine Frau nicht rauchen? Er lag nicht gerne stundenlang am Strand; aber notfalls würde er eben unter einem Sonnenschirm lesen. Kurz, das Einzige, was er sich von der Annonce erhoffte, war, dass eine Frau ihm schriebe und sie einander gefielen.

Derart hin und her gerissen zwischen Kartellrecht und Kontaktanzeigen traf Joachim Bock auf der Wiese in Kürrighoven ein, die sich die Baumhüter für heute vorgenommen hatten. Es war kalt und neblig. Die Wiese lag an einem Hang, die alten Bäume standen auf ihr etwas zu dicht, und die oberen konnte man im Dunst kaum noch erkennen. Im Sommer hatten sie hier Brombeerbüsche weggehackt, jetzt in der Kälte war es Zeit zum Schneiden.

Sechs Vereinsmitglieder waren schon vor ihm eingetroffen, der städtische Gartenamtmann Bösert stand sogar bereits hoch oben in der Krone eines Apfelbaums und ließ die Motorsäge heulen. Anneliese Bauer begrüßte Joachim wie immer herzlich, er redete sie wie immer mit „Frau Präsidentin" an. Der Titel schien ihr zu gefallen, vielleicht gerade deshalb, weil sie alles andere als eine Präsidentin war, ihre Stellvertreterin Daniela Niederhausen hatte ihr das Kommando im Verein längst abgenommen.

Anneliese Bauer mochte Ende dreißig sein, Bock hatte sie das nie gefragt. Sie war gelernte Biologin, hatte sich nach dem Studium eine Zeitlang als ABM-Kraft durchgeschlagen, seltene Lurche gesucht, gezählt und katalogisiert. Sie hatte Glück gehabt und jetzt eine Stelle im Umweltreferat von Wachtberg bekommen. Joachim gefiel an ihr, dass sie so sanft und arglos war, so ganz ohne die Verhärtungen des Erwachsenseins. In ihrer unschuldigen Liebheit kam sie ihm vor wie eines der letzten Exemplare einer aussterbenden Art. Außerdem bewunderte er ihr schönes kastanienbraunes Haar, das sie sorgfältig pflegte, so dass es glänzte wie poliertes Mahagoniholz.

Das Schneiden eines Obstbaums, den der Bauer über zwanzig Jahre nicht geschnitten hat, kann man als Wissenschaft betrachten und als hohe Kunst betreiben. Joachim hatte früher nicht geahnt, wie ernsthaft sich dabei auch streiten ließ. Doch die Dispute über die richtige Zahl und Anordnung der Leitäste langweilten ihn. Er wollte für vier Stunden vergessen, dass es einen Schreibtisch und komplizierte Denkaufgaben gab. Er wollte auch im Verein nichts zu sagen haben. Manchmal hatte ihn Anneliese Bauer zu einem Seminar über den Obstbaumschnitt mitnehmen wollen; er hatte immer abgelehnt. Ihm war es ganz recht, wenn andere bestimmten, welchen Ast er sägen sollte, genauso wie es ihm nichts ausmachte, nur das Totholz einzusammeln, das die anderen vom Baum geschnitten hatten.

Als Joachim Frau Dr. Wenckebach erblickte, die gerade vom Wiesenrand zurückkam, wohin sie das Schnittholz von Hans Böserts Baum getragen hatte, musste er unwillkürlich an das Wort von der „bunten Truppe" denken, das er vor zwei Jahren bei der morgendlichen U-Bahnfahrt auf jenem hektographierten Zettel gelesen hatte und das ihn damals so neugierig gemacht hatte. Aus heutiger Sicht würde er den Farbwert von Frau Dr. Wenckebach unter „Altrosa" einordnen. Sie war pensionierte Oberstudienrätin mit den Fächern Musik und Biologie, um die Hüften ziemlich korpulent und deshalb nur für den Bodendienst geeignet, ansonsten aber eine herzensgute Frau. Nach dem Tode ihres Ehemannes hatte sie sich ganz der Bienenzucht verschrieben. Gegen Mittag würde sie für alle Honigbrote schmieren.

Unter einem der alten Birnbäume, die am Rand der Wiese standen, hackten die Studentin Mechthild und ihr Kommilitone Kuno Brombeer-Schösslinge, die beim Sommereinsatz übersehen worden waren. Beide waren eindeutig dem grünen Spektrum zuzuordnen, Mechthild sogar dem dunkelgrünen. Weil sie in einem vegetarischen Restaurant ihren Lebensunterhalt verdienen musste, konnte sie zwar nur jedes zweite Wochenende kommen. Dafür war sie aber doppelt sensibel und so extrem für alles Natürliche, dass es sie körperlich schmerzte, wenn ein

Baum besonders stark beschnitten werden musste. Ihr taten auch die kleinen Brombeerkinder leid, die unter dem Birnbaum einen so schönen Platz gefunden hatten und die sie nun von dort vertreiben, ja sogar töten sollte.

Joachim Bock sollte heute zusammen mit der Präsidentin einen Apfelbaum beschneiden. Er kletterte mit seiner gelben Bügelsäge in die Krone, während die gelernte Biologin Bauer von unten fachkundig die Äste bezeichnete, die schon in diesem Jahr geschnitten werden sollten. Ein zweiter kräftiger Schnitt sollte zur Vermeidung eines Schocks auf das nächste Jahr verschoben werden.

So zwischen Himmel und Erde hängend und angestrengt vor sich hinsägend erreichte Bock bald den angestrebten Glückszustand. Die Nebel hatten sich verzogen, er konnte weit über das Land sehen, die Sonne ließ die Wiese glänzen, und die Frage, wie man das deutsche Kartellrecht mit dem europäischen in Einklang bringen könnte, war ihm so fern wie der Mond. Einzige kleine Minderung des himmlischen Glücks: die irdischen Gedanken, die auch beim Sägen weiter um den Text der Annonce kreisten:

Fest stand für ihn nur, dass er sich als Witwer präsentieren würde. Damit wüssten die Leserinnen wenigstens sofort, dass er kein Hagestolz war. Und mit dem Beiwort „plötzlich" wäre gesagt, dass er sich noch nicht in einem Alter befand, in dem man täglich mit dem Tod der Partnerin rechnen musste. Einfach anzugeben, dass er Anfang fünfzig sei, würde die Zielgruppe zu sehr einengen. Nur weil in der Regel Männer ein wenig älter sind als ihre Frauen, würde eine 55jährige sich vielleicht genieren, ihm zu schreiben, obwohl gerade sie für Bock die Richtige sein könnte.

Weiter kam er nicht mit seinen Überlegungen, weil ein Ast, an dem er gerade sägte, krachend zu Boden fiel. Bock erschrak. Wenn er seine Gedanken nicht besser zusammenhielt, konnte es leicht passieren, dass seine Tochter für ihn eine Annonce aufgeben müßte und seine neue Partnerin genauso heißen würde wie die alte: Therese.

Die Präsidentin schien nichts von seinem Beinahe-Unfall bemerkt zu haben. Mit ernstem Eifer kreiste sie weiter um seinen Baum, um zu prüfen, was in der Krone noch zu schneiden war. „Sie wissen ja", gab sie wieder einmal ihren Lieblingsspruch zum besten, „durch die Krone eines richtig geschnittenen Apfelbaums muss man einen Hut hindurchwerfen können!" „Ja, ja", rief Joachim zurück, „nur hat leider keiner von uns einen Hut dabei." Und schon schlug er seine Säge in den nächsten Ast, den die Präsidentin ihm freigegeben hatte.

Doch es dauerte keine zwei Zentimeter, da waren seine Gedanken bereits wieder bei dem Inserat. Nicht für alles in der Welt würde er sich als „Akademiker" wichtig machen. Wäre er eine Frau, er würde einen Schreinermeister den meisten seiner akademischen Kollegen vorziehen. Das bisschen Fachwissen und Denkschulung, das so ein Studium vermittelte, vermochte die daraus meist folgende Überheblichkeit und Besserwisserei nicht aufzuwiegen. Und was hatte eine Frau schon davon, dass ihr Mann wusste, was „Verschulden beim Vertragsschluss" war? Wir Juristen, so Joachim selbstkritisch über seinen Stand, sind so begeistert von uns selbst, dass wir keinen anderen Menschen so wichtig nehmen können, wie es zur Liebe nötig ist. Wir sind, genau genommen, nur fähig zur Werbung und zur Zeugung und ansonsten impotent.

Sollte er in der Annonce seine Hobbies angeben? Etwa, dass er gern wandere oder lese? Oder lag darin nicht schon die Drohung: „Das musst Du, liebe Leserin, mitmachen oder dulden, sonst wird es nichts mit uns!"

Nein, drohen wollte er auf keinen Fall, zumal er beim Stichwort „Wandern“ Therese aus dem Jenseits dazwischenrufen hörte: „Die Fortbewegung, die Joachim Bock ‚Wandern‘ nennt, besteht zu drei Vierteln aus Spazieren gehen, da die Grenze zwischen Wandern und Spaziergang bekanntlich bei drei Stunden verläuft.“

Und seine Liebe zur Literatur? Ja, er hatte in seinem Leben viel gelesen, von der Odyssee bis zu Luise Rinser. Doch seit er in diesem Ministerium saß, hatte er damit zunehmend Probleme. Er hatte feststellen müssen, dass ihn seine Arbeit leseunfähig machte. Wenn er einen Tag lang all die Akten und Entwürfe, Vorlagen und Vermerke studiert hatte, die im Laufe von acht Stunden in so einem Referat zusammenkamen, dann ging es ihm am Abend mit dem Lesen so wie den Soldaten, die 1950 aus russischer Gefangenschaft nach Hause gekommen waren, mit dem Essen. Nach dem jahrelangen Verzehr dünner Graupensuppen hatten sie das kräftige Willkommensmahl nicht bei sich behalten können.

Inzwischen saßen alle Vereinsmitglieder mit Sägen in den Bäumen, auch die zwei Studenten, nachdem sie mit der Entsorgung der Brombeerkinder fertig waren. Nur die Präsidentin und Frau Dr. Wenckebach hatten noch Bodenhaftung. Sie schleppten die Hölzer, die es aus den Bäumen regnete, zum Zaun, wo daraus ein Wall entstand, neuer Wohnraum für Tausende von kleinen Tieren, die Anneliese Bauer alle kannte. Unter diesen Kleinstlebewesen gab es gewiss auch recht häufig eine Witwerschaft, dachte Joachim, aber mit Sicherheit war es dort nicht so kompliziert mit einer neuen Paarung.

Am fleißigsten war wie immer Hans Bösert gewesen. Er hatte schon den vierten Baum in Form gebracht, während Joachim noch längst nicht mit seinem ersten fertig war. Da sah man den Unterschied zwischen einer Motorsäge und der guten alten Handarbeit. Und natürlich auch den zwischen einem Arbeiter, der bei der Sache war, und einem Schreibtischmenschen, den es auf einen Baum verschlagen hatte. Freilich, die Motorsäge hätte Bösert, im Baum stehend, korrekterweise gar nicht verwenden dürfen. Denn nach den Vorschriften der Berufsgenossenschaft darf eine Motorsäge nur eingesetzt werden, wenn der Sägende einen festen Stand hat. Bösert hätte also zumindest auf einer korrekt angestellten Leiter stehen müssen. Wenigstens trug er die vorgeschriebene Sicherheitshose, in die ein Metallvlies eingenäht war, so dass im Falle des Ausrutschens die Beine nicht gleich zu Schaden kamen. Bock warf unwillkürlich einen dankbaren Blick auf seine gelbe Bügelsäge, die weder aufdringlich kreischte, noch so gefährlich war, dass man beim Sägen eiserne Hosen anhaben musste.

Endlich rief Frau Dr. Wenckebach zur Pause. Vom Bachrand holte sie ihren großen Korb mit Vollkornbrot und Biobutter und mit dem obligaten Honig von den eigenen Bienen. Diesmal war es der aus Lindenblüten. Bock schmeckten alle ihr Sorten ziemlich gleich und sein billiger von ALDI auch nicht schlechter.

Während die bunte Truppe der Baumhüter aus dem Ländchen Brote kauend im Kreis auf dem Feldweg stand und heißen Tee aus Frau Dr. Wenckebachs großer Thermoskanne schlürfte, machte Hans Bösert ein paar Schritte hin zu seinem japanischen Geländewagen und befreite seine beiden Hunde, die bisher auf dem Vordersitz geschlafen hatten. Es waren kleine schwarze Ungeheuer, so freizügig gemischt, dass mit keiner der allgemein bekannten Rassen die geringste Ähnlichkeit auszumachen war. Diesen Mangel an Noblesse glichen sie durch Temperament und Pfiffigkeit vollkommen aus, und sie hätten Joachim sehr gut gefallen, hätte es sich der kleinere der beiden nicht in den Kopf gesetzt, sich jedes Mal in Bocks Hose zu verbeißen. So auch diesmal wieder in dem überreizten Zustand nach dem langen Warten. Alle Bemühungen, den

Hund, halb fliehend halb spielend, von dem schon als Gewohnheitsrecht angesehenen Biss ins Hosenbein abzuhalten, waren vergeblich. Hans Bösert lachte nur. „Ja, dat is einer!", war sein ganzer Kommentar. Ein Ordnungsruf wäre ihm nie in den Sinn gekommen. Zum Glück lenkten zwei Reiter die beiden Kläffer ab und retteten diesmal die Hose.

Sie hatten viel geschafft an diesem Vormittag. Man sah es an dem riesigen Wall aus Abfallholz. Erst recht war es den Bäumen anzusehen. Wie Struwwelpeter hatten sie noch bei Sonnenaufgang ausgesehen. Jetzt hatten sie gepflegte Kronen und hätten Anneliese Bauers Hutprobe glänzend bestanden.

Joachim Bock hatte einen weiteren Grund, mit sich und dem Tag zufrieden zu sein. Bei der Heimfahrt war sein Blick wieder auf die Godesburg gefallen, diesmal von der anderen Seite und bei Sonnenschein. Im gleichen Moment hatte er gewusst, wie der Text der Annonce lauten musste. Wie auf einer Tafel an der Wand stand der Spruch vor seinem geistigen Auge. Und es war genau der gleiche, den er vor einer Woche wie ein Medium in einer Séance auf den Scheck geschrieben hatte: „Plötzlicher Witwer sucht Neubeginn"

Am Abend griff Joachim zum ersten Mal nach Thereses Tod wieder zu dem Buch, das er bis dahin jedes Wochenende kapitelweise gelesen hatte: Die Schlafwandler von Hermann Broch. Mitten im zweiten Roman der Trilogie hatte er damals aufgehört. Der Held der Geschichte, ein junger Buchhalter namens August Esch, liebt Mutter Hentjen, eine 37 Jahre alte Gastwirtin in Köln, die seit langem Witwe ist und sich seitdem allem Männlichen versagt. Dennoch gelingt es Esch, die Wirtin zu einer Fahrt nach St. Goar zu animieren und sich ihr auf der Rückfahrt im Eisenbahncoupé zu nähern.

Ob es dem jungen Buchhalter gelingen wird, die reife Witwe zu bezwingen? Joachim begann erregt zu lesen:

> „Dem Versuch, sie an sich zu ziehen, leistete ihr breiter Körper in dem Fischbeingehäuse steifen Widerstand, und die Hutnadeln auf ihrem wackeligen Kopf bedrohten sein Gesicht. Kurz entschlossen schob er ihren Hut zurück, der, mitsamt der Frisur nach hinten rutschend, ihr das Aussehen einer Betrunkenen verlieh. Die Seide ihres Kleides roch staubig und erhitzt, nur manchmal merkte man den feinen Lavendelduft, der noch in den Falten geblieben war. Dann küsste er die Wange, die an seinem Mund vorbeiglitt, und schließlich nahm er den runden schweren Kopf in die Hand und drehte ihn zu sich. Sie erwiderte den Kuss mit trockenen dicken Lippen, etwa wie ein Tier, das seine Rüsselschnauze gegen eine Glasscheibe drückt."

Joachim Bock lachte laut in seine Einsamkeit hinein.

5. Heute wäre Karl Marx Vorsitzender der Monopolkommission

Warten ist eigentlich keine Tätigkeit; denn der Wartende tut nichts. Könnte er etwas tun, um die Zeit bis zum Erreichen seines Ziels zu raffen, so müßte er nicht warten. Beim Warten handelt es sich also nicht um ein Aktivum, sondern um eine Leidensform.

Joachim Bock litt, seitdem er seine Kontaktanzeige in den Briefkasten geworfen hatte. Kommendes Wochenende würde sie erscheinen, mit ersten Antworten war nicht vor Mitte nächster Woche zu rechnen. Aber würde überhaupt jemand seine Annonce bemerken? Durch den kurzen Text war sie so klein geraten, dass zu befürchten war, sie würde sich im Rennen um die Gunst der Leserinnen ausnehmen wie ein Pony auf der Galopprennbahn.

Joachim spürte eine erregende Mischung aus Bangigkeit und Vorfreude, ein seltsames Hin- und Hergerissensein der Gefühle, wie er es zuletzt als Sechsjähriger beim Warten auf den Nikolaus erlebt hatte. Natürlich hatte er sich auf die Süßigkeiten gefreut. Aber musste er nicht befürchten, dass der Heilige ihm vom Himmel herab beim Doktorspielen mit Kusine Luise zugeschaut hatte und dies nun vor aller Ohren rügen würde? Vielleicht sogar von seinem gewalttätigen Knecht Ruprecht leiblich strafen ließe?

Dabei hatte Joachim seine ärztlichen Untersuchungen an Luise zunächst aus reiner Neugierde vorgenommen. Erst als die Tante sie dabei ertappt und weitere Spiele dieser Art strengstens verboten hatte, war in ihm plötzlich eine ganz neue Gier entstanden, gegen die seine Neugier tatsächlich nur ein Kinderspiel gewesen war. Ja, Joachim hatte damals gegen das Verbot verstoßen und prompt seine erste Erektion gehabt, noch winzig wie ein aufgepumptes Streichholz, aber doch schon mit allem, was ein Glied braucht. Der Kusine hatte seine Aufgeregtheit sehr gefallen.

Nun also das Warten auf den Nikolaus. Der heilige Mann kam, verlas aus seinem dicken Buch vor den versammelten Eltern und Kindern aus der ganzen Nachbarschaft etwas über gewisse Unschamhaftigkeiten eines gewissen Joachim und bescherte diesem den fürchterlichsten Tag des Jahres, ja die einzige Verletzung seiner Menschenwürde, an die er sich erinnern konnte. Dabei hatte er noch Glück gehabt, dass ihm wenigstens der Knecht Ruprecht erspart geblieben war, weil die Tante aus Geiz nur diesen Nikolaus engagiert hatte, von dem Joachim übrigens wenig später erfuhr, dass es nur ein kostümierter Fernfahrer aus dem Nachbarhaus gewesen war.

Damals hatten sich beim Warten also die Befürchtungen erfüllt. Bock hoffte, dass es diesmal besser kommen werde. Vor zu viel Grübeln schützten ihn seine Arbeitstage. Der rührige Mannheimer Professor hatte wieder zugeschlagen, diesmal mit einem Aufsatz ausgerechnet im „Handelsblatt", das der Minister regelmäßig las. Der wollte denn auch unverzüglich wissen, was Bock dazu zu sagen habe, schriftlich natürlich, denn regiert wird schriftlich, sagt ein alter preußischer Verwaltungsgrundsatz. Bock musste den Aufsatz also gründlich lesen und dann widerlegen, in einem Vermerk, jenem papierenen Schwert, mit dem die Bürokraten fechten dürfen.

Ob der Mannheimer Professor sprach oder schrieb, er inszenierte sich stets auf die gleiche Art. Am Anfang kam immer ein Witz. Stand man als Leser oder Hörer durch das Geschenk des Spaßes erst mal in des Professors Schuld, so konnte der einem so manches zumuten, was man sonst vielleicht so ohne weiteres nicht hingenommen hätte. Diesmal stand das bekannte Karl Kraus-Diktum am Anfang, wonach es nicht genüge, keine Gedanken zu haben, man müsse auch unfähig sein, sie auszudrücken. Wie hatte sich Bock von diesem Satz immer wieder faszinieren lassen! Jetzt, wo er selbst damit gemeint war, fand er ihn schon nicht mehr ganz so gut.

Gleich nach dem Einstiegsscherz aus zweiter Hand begann der Mannheimer Professor gegen alles zu wettern, was das Ministerium zur Novellierung des Kartellrechts vorgeschlagen hatte, mit Argumenten, die nicht überzeugten, die sich aber mit Sprachpirouetten und Begriffskaskaden so in Szene setzten, dass der eilige Leser, so war zu befürchten, sich durch die Eleganz des Dargebotenen beeindrucken lassen und am Schluss verärgert fragen würde: Was hat das Wirtschaftsministerium denn da schon wieder verbockt?

Wie flüchtig der Minister den Artikel gelesen hatte, wusste Joachim nicht. Jedenfalls schien es ihm angeraten, in seinem Vermerk die Tiraden des Professors gründlich zu widerlegen, was ihm nicht schwer fiel, weil er seine Mannheimer kannte und auch diesmal zu wissen glaubte, was den Autor beim Verfassen seiner Schmähschrift an- und umgetrieben hatte.

Was soll so ein Hochschullehrer denn sonst schon tun, um im Geschäft zu bleiben? Wenn ein Minister einen Vorschlag machte, gab es für einen ehrgeizigen Wissenschaftler wie unseren Mann aus Mannheim nur zwei Möglichkeiten. Entweder er sagte: „Ja, so ist es gut.“ Aber wer, bitteschön, hätte ihn dann publiziert? Oder er wahrte seine Chance, weiter im Gespräch zu bleiben, und ging scharf auf Gegenkurs.

Vielleicht, dachte Bock, hätte er den Mann doch besser einbinden und in den Beirat zur Kartellrechtsreform berufen sollen. Auf einen mehr oder weniger wäre es nicht angekommen, gab es doch etwa fünfzig Beiräte und Kommissionen mit jeweils fünf bis einundzwanzig Plätzen für Wissenschaftler, über deren Vergabe Bocks Minister allein oder zusammen mit anderen bestimmen konnte.

Sinn und Zweck derartiger Sachverständigenräte ist offiziell, den Regierenden Wissen und Erfahrung der Koryphäen auf allen Feldern des Regierens zuzuführen, auf dass das Land nicht von einem grünen Tisch regiert werde, sondern von mehreren. Inoffiziell geben solche Gremien der Regierung ein Mittel an die Hand, die Wissenschaft zu hegen, damit sie nicht verwildere und nicht bissig werde wie im Falle des Mannheimer Professors.

Die Plätze in den Sachverständigenräten sind begehrt. Schon die nur ehrenhalber eingenommenen mit kleinen Kompetenzen, wie zum Beispiel die Förderung von Filmen, schlägt so leicht niemand aus. Denn so eine Haupterhöhung schmeichelt, bessert den Briefkopf auf und hat möglicherweise das eine oder andere gut honorierte Gutachten im Gefolge. Außerdem, von der ersten Sprosse der Gremienleiter kann man aufsteigen bis in eine gut dotierte Kommission mit Auftrittsrecht in der Bundespressekonferenz. Und welcher deutsche Wissenschaftler sähe sich nicht gerne einmal in der Tagesschau? So gesehen ist die menschliche Schwäche vielleicht der stärkste Grund dafür, dass es bei uns so wenige Dissidenten gibt.

Anders, also richtig gesehen, sind die systemimmanenten und stabilisierenden Vorzüge unserer Gremien-Demokratie nicht zu unterschätzen. Wäre beispielsweise Karl Marx einhundert Jahre später auf die Welt gekommen, dachte Bock, man hätte sein Genie und die damit verbundene Gefahr rechtzeitig erkannt und schon den jungen Marx nach ersten Aufmüpfigkeiten in den Verbraucherbeirat berufen. Hätte ihn das noch nicht besänftigt, so hätte man ihn keinesfalls nach London emigrieren und dort in einem Museum seine gefährlichen Theorien über das Monopolkapital entwickeln lassen. Nein, Marx wäre unverzüglich in unsere Monopolkommission berufen worden, mit einem exzellenten Honorar und der Möglichkeit, sich in tausendseitigen Gutachten und Verbesserungsvorschlägen auszutoben.

Hätte selbst diese Therapie noch nichts gebracht, wäre immer noch ein Gremium übrig geblieben, jener Sachverständigenrat zur Begutachtung der gesamtwirtschaftlichen Lage, der sich lächerlicherweise von der Journaille gern „die fünf Weisen" nennen lässt. (Wo gäbe es bei uns die Weisheit denn schon so gehäuft, dass man sie im Fünferpack abrufen könnte!) Schon bald hätte Marx dort den Vorsitz übernommen, das Kapital nicht geschrieben, sondern lieber welches gemacht, und der Welt – und Marxens Familie – wäre viel erspart geblieben. Und, so schloss Bock seine abschweifenden Gedanken ab, die in Bonn nach ihm benannte Straße wäre heute mit Sicherheit kein unbewohntes Sträßlein im Niemandsland zwischen Bahndamm und Bundesstraße 9, sondern eine Pracht-Allee im Regierungsviertel.

Fast noch mehr als Marx und der Mann aus Mannheim bewegte Bock in dieser Woche das Schicksal eines Lebensmittelhändlers aus Itzehoe, der schon wieder einen bösen Brief ans Ministerium geschrieben hatte. Der Mann betrieb in seiner Stadt einen Tante-Emma-Laden, der wegen der Neueröffnung eines Supermarktes in unmittelbarer Nähe nicht überleben konnte, sich aber mit dem Sterben noch nicht abfinden wollte. Ein Fall von vielen, gewiss! Fast jede Woche schrieben ihm solche kleinen Händler; alle zwei Minuten, so hatte ein Abgeordneter des Deutschen Bundestages ausgerechnet, musste in Deutschland ein Laden schließen.

Die vom Tode bedrohten Händler forderten, das Gesetz gegen Wettbewerbsbeschränkungen müsse die Handelsriesen an die Leine legen. So sehr Joachim selbst das Aus der kleinen Läden bedauerte, so wenig konnte er den armen Leuten helfen. Das Kartellrecht, so hatte er den Briefeschreibern pflichtgemäß zu schreiben, habe das Ziel, den Wettbewerb zu erhalten und zu fördern; einzelne Wettbewerber vor dem Wettbewerb zu schützen, sei nicht seine Sache. Woraufhin die derart getrösteten Ladenbesitzer meistens erneut zur Feder griffen, um ihm den nächsten Klagebrief zu schreiben.

In diesen Tagen des privaten Wartens nahm noch eine andere dienstliche Aufgabe die Zeit des Ministerialrats Bock ganz erheblich in Anspruch. Alle Jahre wieder, gleich nach dem Christuskind, kommt der Jahreswirtschaftsbericht der Bundesregierung, und damit er rechtzeitig erscheinen kann, müssen viele fleißige Staatsdiener schon Wochen vor Weihnachten mit der Arbeit daran beginnen. Auch oder gerade Bocks Kartellrechtsreferat. Denn der Wettbewerb klingt wie ein Leitmotiv immer wieder an in diesem surrealistischen Kunstwerk aus politökonomischem Wortgeklingel.

Der Jahreswirtschaftsbericht ist ein eigenartiges Gebilde und genau genommen gar kein Bericht, sondern ein mit Statistiken, wirtschaftswissenschaftlichen Analysen und Wunschvorstellungen verbrämtes Dauer-Wahlkampf-Instrument. Er soll nämlich, das ist seine erste und wichtigste Aufgabe, eine positive Stimmung erzeugen, auf dass die nächste Wahl von den Regierungsparteien gewonnen werde. Wer ihn liest, oder besser seine ersten Seiten, denn wer liest schon so ein dickes Konvolut von vorne bis hinten, der soll innerlich ausrufen: „Es geht mir gut, es geht trotz allem aufwärts, und das haben wir alles der Regierung zu verdanken!"

Natürlich darf das Schönreden nicht übertrieben werden. Soll das Publikum den Bericht ernst nehmen, so muss er auch die Negativa bilanzieren und auf die dunklen Wolken hinweisen, die sich dem Standort Deutschland nähern. Und was zu tun ist, damit Regierung und Regierte, und der Standort Deutschland sowieso, die drohenden Gewitter doch noch leidlich trocken überstehen.

So gerät der Bericht alljährlich zu einer merkwürdigen Mischung aus Triumphmarsch und Fastenpredigt. Wie Fanfarenstöße erklingen zu Beginn Sätze wie: „Der Aufschwung ist jetzt nicht mehr aufzuhalten.“ „Der Aufschwung ist in vollem Gange.“ „Der Aufschwung ist dabei, sich zu verstetigen.“ Und in der Predigt hinterher – die Predigt darf nicht zu düster ausfallen, damit die positive Stimmung keinen ernsten Schaden erleidet – empfiehlt die Regierung dringend den Kauf von Schirmen. Sollte diesem Rat nicht freiwillig Folge geleistet werden, so werde man prüfen, ob der Kauf von Schirmen nicht gesetzlich vorgeschrieben werden müsse.

Als ob das alles noch nicht genug gewesen wäre, musste sich Joachim Bock in dieser Woche auch noch und wieder mal mit dem neunmalklugen Dr. von Mühlberg im Justizministerium herumstreiten. Das dort ressortierende Gesetz gegen den unlauteren Wettbewerb und sein, Bocks, Kartellgesetz hatten Berührungspunkte, so dass er den Kollegen von der Justiz bei fast allem, was er tun oder lassen wollte, fragen musste.
Dieser Dr. von Mühlberg war nun aber leider einer, der nicht nur alles wusste, sondern auch noch immer alles besser.

Streitpunkt war diesmal das Rabattgesetz. Bock wollte dieses Regelwerk aus der Nazizeit, das dem Einzelhandel Preisnachlässe generell verbot, streichen; in einer Zeit, wo alle von Deregulierung sprachen, schien es ihm obsolet. Doch Herr von Mühlberg wies ihn spitzfindig darauf hin, dass man das Gesetz auf keinen Fall „in toto“ streichen könne. Man solle vielmehr prüfen „in welchem Umfang und nach welchen Gesichtspunkten das Verbot der Gewährung und Ankündigung von Rabatten als Alternative zur vollständigen Aufhebung des Rabattgesetzes im Rahmen eines Gesamtkonzeptes zur Reform des Rechts gegen den unlauteren

Wettbewerb eingeschränkt werden kann, um den wettbewerblichen Bedenken Rechnung zu tragen, zugleich aber den Weg zu einer maßvollen Lockerung des Rabattgesetzes zu öffnen." Dabei komme „insbesondere eine Beschränkung des Rabattverbots auf Waren und Leistungen eines ständig auftretenden und von neuem zu deckenden Bedarfs in Betracht."

Was blieb dem armen Bock anderes übrig, als sich diesen zwingenden Argumenten seines schier allwissenden Justiz-Kollegen zu beugen?

So musste Joachim Bock an diesen Tagen im Dezember wieder mal an mehreren Strippen ziehen, fühlte sich aber eher selbst hin und her gezogen, zumal von den vier Mitarbeitern seines Referats die vierte, Frau Amtsrätin Ronellen-Fitsch schon seit Monaten ausfiel. Sie hatte ihr drittes Kind zur Welt gebracht, einen Sohn namens Felix, und war seitdem im Mutterschaftsurlaub. Einen Ersatz hatte ihm die Verwaltung trotz seines Drängens nicht bewilligt. Wenn jährlich ein Prozent des Personals des Bundes eingespart wurde, so musste sich das ja irgendwo niederschlagen. Im Falle der Mutterschaft von Frau Ronellen-Fitsch war es eben Bock, den der Niederschlag getroffen hatte.

Endlich Samstag. Noch vor dem Rasieren sprang Joachim zur Haustür und zerrte die an diesem Tag wie immer besonders dicke Bonner Zeitung aus dem Schlitz. Seine Anzeige war tatsächlich die winzigste der ganzen Rubrik und fiel zusätzlich dadurch auf oder besser ab, dass die unmittelbar vorangehende mit Sicherheit die geballte Aufmerksamkeit der Bonner Damenwelt auf sich ziehen würde:

> Dr. rer. pol., 1,85, eine beeindruckende Persönlichkeit, breites Wissensspektrum, weitgereist, hochangesehen, führt ein geordnetes, inhaltsreiches Leben und sucht die Dame mit Interesse an Kunst, Kultur, Reisen und mehr.

Gegenüber einer derart beeindruckenden Persönlichkeit konnte Joachim nur auf den Mitleidseffekt hoffen. Oder er musste befürchten, dass es ihm so ergehen würde wie dem Kandidaten in der Anzeige danach:

> Auf mein Inserat „Ehepartnerin gesucht" vom 15. November hatte ich eine Zuschrift aus St. Augustin erhalten. Ich sollte abends ab 20 Uhr zurückrufen. Dem Schreiben war ein Bild von „ihr" mit Kleinkind beigefügt. Dem Brief nach heißt Du Claudia, bist 27 Jahre alt, 170 cm groß, bist schlank und hast lange dunkelblonde Haare. Leider konnte ich mich bei Dir bisher nicht melden, da Du vergessen hattest, Deine Anschrift und Telefonnummer anzugeben. Melde Dich bitte noch mal!

Nach dem Frühstück kaufte Bock all das ein, was er für die Woche brauchte, und das führte ihn über den Godesberger Weihnachtsmarkt. Vor dem Kaufhaus verbreitete ein langgestrecktes Karussell mit seinen Lautsprechern eine Atmosphäre von Rummelplatz. Das Geschäft ging gut. Die Kinder auf den voll besetzten kleinen Autos und der Feuerwehr waren begeistert, und die Eltern rundherum genossen die Begeisterung der Kinder. Manche der Kleinen aßen während der Fahrt noch Süßigkeiten, knabberten an großen Büscheln Zuckerwatte.

Wie viele von diesen Kindern, dachte Joachim, wussten eigentlich noch, warum das Weihnachtsfest gefeiert wurde. Oder Ostern? Bock kannte eine Rechtsanwältin, die nach einer katholischen Erziehung in einem Rausch von Befreiung so militant ungläubig geworden war, dass sie ihrem Sohn am letzten Karfreitag auf die Frage, warum der Jesus denn ans Kreuz geschlagen worden sei, geantwortet hatte: „Weil er dummes Zeug geredet hat!"

6. Bock macht sich wenig aus Tanzen, aber viel aus den Bildern von Helene Moch

Als Joachim am Freitagabend nach Hause kam, fand er einen dicken Umschlag vor. Er enthielt zehn Briefe an die Nummer 4732, seine Chiffre. Vier davon, das sah er schon am Absender, stammten von professionellen Ehemaklern. Die warf er gleich in den Papierkorb. Mit den restlichen ging er durch das Haus, drehte die Lampen an und öffnete die Thermostatventile. In der Küche legte er die Briefe aus der Hand, um sich Tee aufzugießen. Dann trug er Tee und Briefe auf dem Tablett in sein Arbeitszimmer, setzte sich an den Sekretär und las sie der Reihe nach. Danach begann er wieder, im Haus herumzulaufen, jetzt ohne Briefe. Er hatte sie so intensiv gelesen, dass sein Gedächtnis sie schon ziemlich genau gespeichert hatte. Während er die Zimmer abging, als suchte er einen vermissten Gegenstand, begann er bereits mit der Bewertung und der Vorauswahl.

Auf hellblauem Papier schrieb eine Diplombibliothekarin. Sie hatte eindeutig die schönste Schrift. Auch das beigelegte Foto war von einzigartiger Anmut. Wie Winnetous Schwester sah sie darauf aus, dunkles langes Haar, braungebrannt und große Rehaugen. Joachim war entzückt. Doch ein Satz in dem Brief störte ihn: „Ich tanze für mein Leben gern."

Joachim tanzte ungern, ja er war so schlicht strukturiert, dass er das Tanzen eigentlich immer nur als Vorspiel zum Geschlechtsverkehr angesehen hatte. Die beiden Tätigkeiten verhielten sich für ihn zueinander wie Backen und Teigrühren. Hätte sich die Bibliothekarin mit dem Hobby Backen vorgestellt, er hätte ihr sofort geantwortet. Aber Teigrühren? Damals, als er Therese kennengelernt hatte, waren sie zusammen auf mehr als einem Dutzend Partys gewesen, ohne auch nur ein einziges Mal miteinander zu tanzen. Sie hatten von Anfang an lieber in Kneipen gehockt, bei Hering nach Hausfrauenart, Bier und endlosen Gesprächen. Vor dem Wohnzimmerfenster stehend kam Bock zu dem Entschluss, auf Winnetous Schwester zu verzichten. Er fühlte sich ihrem Hobby nicht gewachsen.

Nur seiner Nerven wegen trabte er nach dieser ersten Vorentscheidung die acht Stufen hinauf zu Tochter Charlottes früherem Kinderzimmer. Immer noch stand dort das Regal mit den vielen Kinderbüchern. Nur das Poster mit den fünf Dackelwelpen über Charlottes Bett hatte Therese weggenommen. Dort hing jetzt die schwarz-weiße Radierung „Nebellandschaft", auf der ein Mann gebeugt mit seinem Hund über eine Wiese stapfte. Bock sah aus dem Fenster hinab auf die Straße und dann auf die Reihenhäuser gegenüber. Dr. Hofmann brachte gerade seinen kleinen Sohn zu Bett, der den Namen eines römischen Feldherrn trug; von welchem, das hatte Bock vergessen. Seine Gedanken kreisten immer noch um die sechs Briefe unten auf dem Sekretär. Sie waren ihm schon so vertraut, als lägen sie seit Wochen dort.

Der zweite steckte in einem weißen Umschlag und kam von einer Dame namens Cordula, die in Köln bei der Deutschen Welle ein Programm für Afrika gestaltete. Sie betreute auch Fan-Clubs ihres Senders in den englisch sprechenden Gebieten und arbeitete, wie sie schrieb, gerade an einer Sendung „Wie wir in Deutschland Weihnachten feiern". Ihr Mann habe sie vor zehn Jahren ohne Grund verlassen, im letzten Sommer sei er gestorben, deshalb suche sie einen neuen Ehepartner. Bis dahin gefiel Joachim der Brief sehr gut, zumal Frau Cordula mit ihren sechsundvierzig Jahren gut zu ihm passte. Was aber dann kam, war heikel. Sie schieb, in dieser Zeit der Auflösung und des Verfalls der Werte stehe sie fest zu ihrem katholischen Glauben und bemühe sich, alles, was sie tue, so zu tun, dass sie Zeugnis ablege und die Menschen merkten, dass in ihr Jesus Christus wirke. Sie wünsche sich einen Partner, der ebenfalls gläubig sei und sie in dieser Haltung akzeptiere.

Dieser Satz stellte Joachim vor die Frage: „Bin ich gläubig?“ Er hatte sich diese Frage bisher nie so genau gestellt. Zwar hatte er sich in seiner Weltanschauung seit der Pubertät beständig fortentwickelt; eine Bilanz aber hatte er nie gezogen, jedenfalls nicht so ausformuliert, dass er sie hätte abrufen können. Das war jetzt hier im alten Kinderzimmer im Dunkeln stehend nachzuholen.

Joachim war katholisch getauft und erzogen worden. Er war aus seiner Kirche auch nicht ausgetreten. Ende der sechziger Jahre war ihm zwar manches Mal danach zumute gewesen, weil er an vielem, was seine Kirche tat und lehrte, Anstoß genommen hatte; er war dann aber doch nicht so weit gegangen, aus Trägheit oder aus Feigheit oder aus beidem. Heute, dachte Joachim, wäre er mutig genug; aber jetzt hatte sein Ärger nachgelassen. Natürlich hielt auch er die Haltung des Papstes zur Empfängnisverhütung für absurd. Aber das war doch nur ein Steinchen im großen Mosaik der Kirche. In Deutschland hielt sich ohnehin kein Mensch mehr an den Wunsch des Heiligen Vaters, und wo in der katholischen Dritten Welt die Bevölkerungszahlen explodierten, lag es wahrscheinlich nicht so sehr am Wort des Papstes, sondern an Armut und Unwissenheit und daran, dass es nicht genügend geschenkte Präservative gab oder die Männer sie aus ganz anderen als religiösen Gründen nicht benützten. Joachim würde also auch jetzt die Kirche nicht verlassen; aber was glaubte er?

Er glaubte nach wie vor, dass in seinem Kulturkreis Jesus von Nazareth von allen Menschen die höchste Bewunderung verdiene und mit ihm als Vorbild das Leben am besten zu bestehen sei, sogar besser noch als mit Sokrates. Deshalb gab er von allen seinen Büchern dem Neuen Testament den höchsten Rang, und weil das Neue nur vor dem Hintergrund des Alten verstehbar war, galt dieser Rang der ganzen Bibel. Und dass seine Kirche zwei Jahrtausende überdauert hatte und nach fürchterlichen Irrwegen und Wirren heute gesünder dastand als die meisten staatlichen Verwaltungen, das, so glaubte Joachim, sei ein großes Wunder.

Das war aber auch schon alles, was er noch glaubte. Er hätte gern mehr geglaubt, aber es gelang ihm nicht mehr oder noch nicht wieder. Nicht mehr glauben konnte er zum Beispiel, was im Credo stand, das er als Schüler im Chor gregorianisch mitgesungen hatte. „Credo in unum Deum", da fing es bereits an mit dem Zweifel, und an eine Wiederkehr der Toten glaubte er schon gar nicht. Die Toten sollten bleiben, wo sie waren. Und die hirnrissigen Dogmen der Kirche sollte glauben, wer wollte: Er nicht. Mit einem Wort, Joachim Bock war ein katholischer Atheist und damit Cordula von der Deutschen Welle nicht zuzumuten.

Er verließ Charlottes Kinderzimmer, ging über die drei Treppen wieder in die unterste der Halbetagen zum Sekretär und legte auch den weißen Umschlag beiseite. Jetzt waren es nur noch vier, hätte man dazu sagen können; aber damit hätte man Joachims Gemütslage nicht begriffen. Die vier Briefe, die jetzt noch vor ihm lagen und auf Antwort warteten, waren ihm zu viele. Weiter aussortieren wollte er nicht, und alle vier Damen um ein Treffen bitten konnte er nicht. Es war ihm zu genierlich, auch wenn es unverbindlich war. Wenn man sich zur Anbahnung einer Ehe traf, gab es da noch eine Unverbindlichkeit? Vier Frauen, das ließ ihn irgendwie an einen Harem denken. Neigungen dazu hatte er nie verspürt, er war monogam.

Am besten ist es, so flüsterte ihm seine heimliche Spieler-Natur zu, wenn man in solchen Glücks-Sachen, zu denen die Partnerwahl ohne Zweifel gehörte, alles auf eine Karte respektive den einen Brief setzte. Doch am Ende obsiegte wie immer der Realist (oder der Jurist?) in ihm, und er beschloss, auf zwei der Briefe einzugehen. Eine kleine Sicherheit, so sagte er sich, brauche er. Hatte der Mensch doch auch zwei Arme, zwei Augen und zwei Ohren. Die Zwei war eine sehr sympathische Zahl, nicht ganz simpel, aber noch nicht unverschämt.

Joachim ging hinauf in die Küche, vertieft in den Gedanken, wie es ihm gelingen könne, mit Anstand aus den vier Briefen zwei auszuwählen. Er öffnete den Kühlschrank, um Butter und Käse für sein Abendessen warmzustellen. Dann ging er eine Treppe höher ins Wohnzimmer und starrte nachdenkend in die Dunkelheit des Gartens, was aber auch nichts brachte. Als sein Blick auf den Plattenspieler fiel, kam ihm die rettende Idee. Er dachte an Kurt Laubers dreißigtausend Platten und an das Würfeln, mit dem Werner Stimpel seine Auswahl aus dem Meer von Büchern traf. Dann holte er die vier Briefe, legte sie auf den Acryltisch vor dem Sofa von links nach rechts in eine Reihe und warf zweimal den Würfel, den er in der Schrankschublade mit den Spielen gefunden hatte. Beim ersten Mal war es eine Eins, dann eine Drei. Der erste und der dritte Brief von links, das waren seine Chancen.

Aber nicht mehr heute Abend. Denn gleich kam „Derrick". Therese und er hatten sich die Serie immer gerne angesehen, nur dass Therese leider jetzt schon die vierte Folge nicht mehr mitbekam. Sie hatte sich vor allem für die Inneneinrichtungen der Tatverdächtigen begeistern können. Vielerlei Böses kam in diesen Fabrikantenvillen vor, Ehebruch, Drogensucht, illegaler Waffenhandel und immer wieder Mord und Totschlag; aber ein Stilbruch kam diesen Leuten nicht ins Haus. Bei solchen Bildern aus der Bundesrepublik war es nicht verwunderlich, dass die DDR-Zuschauer ihre Plattenbauten leidgeworden waren und die DDR nicht hatte überleben können. Und da diese Serie sich weltweit gut verkaufte, war es auch verständlich, dass so viele arme Teufel zu uns kamen und Asylanträge stellten.

Joachim reizte an „Derrick", dass der 80jährige Drehbuchautor ein Romantiker war und immer noch die Blaue Blume suchte. Auch die heutige

Geschichte war eine Kriminalromanze. Ein Barbesitzer war ermordet worden, und Derrick suchte in der Bar nach dem Täter. Eine Journalistin, Hannelore Hooger, trieb sich ebenfalls dort herum und man ahnte schnell: Die Journalistin ist die Täterin. Auch Derrick wusste es, und Hannelore Hooger wusste, dass es Derrick wusste. Der Barbesitzer, das wurde immer klarer, war zu seinen Lebzeiten ein widerlicher Kerl gewesen und hatte seine Damen so gequält, dass Hannelore Hooger weniger als Mörderin denn als zwar eigenmächtige, letztlich aber gerechte Justitia erschien. Derrick überführte sie fast wider Willen. Zum Glück war Hannelore Hooger auch noch ernsthaft krank, so dass sie den Beginn der Hauptverhandlung kaum noch miterleben würde. Dass Derrick am Schluss moralisierte, Hannelore Hooger habe kein Recht, sich als Gottvater aufzuspielen und schon gar nicht als Gottmutter, war reine Formsache, weil durch das Statut der öffentlich-rechtlichen Sendeanstalten geboten.

Joachim Bock schlief in dieser Nacht so gut wie lange nicht mehr. Am anderen Morgen hatte er viel Zeit für sich; denn seine Streuobstler standen heute wieder wie an allen Wochenenden im Advent auf dem Fritzdorfer Weihnachtsmarkt, wo sie naturtrüben Apfelsaft verkauften, und dazu brauchten sie ihn nicht unbedingt. So konnte er sich gleich nach dem Frühstück in aller Ruhe seinen Briefen zuwenden. Er nahm die beiden, die er am Vorabend ausgewürfelt hatte, vom Acryltisch und las sie noch einmal. Zunächst den ersten von links:

Lieber Witwer! Auch ich bin Witwe, wenn ich auch nie verheiratet war. Mein langjähriger Freund ist mir vor einem Jahr gestorben. Ihre Anzeige hat mich angerührt, ich weiß auch nicht warum. Ich bin 44 Jahre alt und halte mich für normal. Ein Foto füge ich nicht bei, das wäre mir zu affig. Wenn Sie mich sehen wollen, melden Sie sich.
Es grüßt Sie
Hildegard Winter

„Und ob ich Sie sehen will, liebe Hildegard!" lächelte Bock selig und griff gleich nach dem zweiten Brief:

Hallo! Wer oder was mag sich hinter dem plötzlichen Witwer verbergen?
Ich wüsste es gern. Können wir uns treffen, damit ich es erfahre?
Mit freundlichem Gruß
Krista Hansen

„Natürlich können wir uns treffen, liebe Krista!" jauchzte Joachim, „aber wann und wo?" Während Frau Winter eine Adresse am Bonner Talweg angegeben hatte, war Frau Hansens Brief ohne Absender. Gott sei Dank hatte sie wenigstens eine Telefonnummer genannt, sonst wäre er in der gleichen Verlegenheit gewesen wie jener verzweifelte Inserent vom vorigen Samstag mit seiner zerstreuten Claudia aus Sankt Augustin.

„Auf jeden Fall eine ungewöhnliche Frau, diese Krista Hansen", dachte Joachim, „allein schon wegen der Schreibweise ihres Vornamens." Er kannte bisher nur eine einzige Krista mit K, und das war seine frühere Augenärztin Krista Hirzel, die er immer gerne konsultiert hatte. Denn sie war schön und trug modische Kleider von farbenfroher Eleganz. Ein wenig weltfremd und naiv kam sie ihm manchmal vor und direkter als gemeinhin üblich. Wenn sie ihm den Augendruck gemessen hatte, war sie ihm auf dem Behandlungsstuhl prickelnd nahe gerückt, eines ihrer Knie zwischen den seinen und einen aparten Duft verströmend. Er hatte diese Untersuchungen im Dunkeln immer sehr genossen, nur leider war sie vor kurzem in eine andere Stadt verzogen.

Der Vorwahlnummer nach, die Krista Hansen angegeben hatte, 02232, musste sie aus dem Umland stammen. Er schlug nach, es war Brühl, die Kleinstadt zwischen Bonn und Köln mit dem Barockschloss, in dem der Bundespräsident seine Empfänge gab.

„Ein gutes Omen", dachte Joachim, der nicht nur Barockschlösser mochte (vor allem solche mit Treppenhäusern von Balthasar Neumann), sondern auch den Kölner Witz – und einer seiner Lieblingswitze spielte in oder besser mit Brühl: Tünnes trifft seinen Freund Schäl auf der Hohe Straße. Strahlend erzählt der ihm, er habe jetzt endlich eine Braut, und zwar aus Brühl. Als Tünnes den Namen der Braut hört, ruft er entsetzt: „Ävver Schäl, met der hät doch janz Bröhl jeschloofe!" Worauf Schäl schlagfertig erwidert: „Ävver su grooß is dat Bröhl doch jaar nit!"

Derartig eingestimmt wählte Bock die Brühler Nummer; aber es meldete sich niemand. So schrieb er einen Brief an Hildegard Winter, in dem er ihr ein Treffen am kommenden Freitag um 16 Uhr im Bonner Kaffeehaus vorschlug. Er würde schon etwas früher dort sein und ein Exemplar der Neuen Zürcher Zeitung vor sich liegen haben. Alles Weitere würde sich ergeben.

Für 12 Uhr hatte sich Bock bei der Malerin Helene Moch angemeldet. Er wollte ihr ein Bild abkaufen als Weihnachtsgeschenk für Tochter Charlotte und Schwiegersohn Christoph. Die Künstlerin wohnte in einem der wenigen Häuser in der Godesberger Altstadt, die den Krieg und danach auch noch die Sanierung durch das Bauamt überstanden hatten. Der Krieg hatte schon viel zerstört; die Sanierung zwanzig Jahre danach aber noch viel mehr. Die Stadtväter hatten gewütet wie einstmals Kaiser Nero, als er Rom verschönern wollte.

Das einstöckige Haus, dessen Parterre die Malerin gemietet hatte, war unscheinbar. Man musste dem Eigentümer dafür dankbar sein, dass er es bei der Wiederherrichtung nicht verklinkert, sondern nur hell gestrichen hatte. Schmerzlich war nur der Anblick der Haustür: ein schmaler Rahmen aus Metall, ausgefüllt mit einer groben Drahtglasscheibe, und drei Zentimeter über dem Boden eine Klappe für die Post. Der Briefträger musste sich aber nur selten bücken; die Tür stand meistens einen Spalt weit offen wegen der Katzen, die Frau Moch ins Herz geschlossen hatte und von denen eine gerade dem Haus schräg gegenüber auf der Mauer saß. Sie starrte in den Godesberger Bach, der nur einige Meter weiter in einer Röhre verschwand, die er auf seinem Weg zum Rhein nicht mehr verlassen durfte.

Frau Moch kannte Joachim Bock von früheren Besuchen, er war aber sicher, dass sie seinen Namen wieder nicht behalten hatte. So nannte er ihn noch einmal. Er wurde angelächelt von einer alten Dame, die sich jugendlich erhalten hatte. Kurze graue Haare rahmten ein Gesicht von frischer Farbe, aus dem kleine kluge Augen ohne Brille alles sahen, was sie sehen wollten. Zu zwei Dritteln steckte Helene Moch in einem dicken, bunten, indianischen Pullover, unter dem sie einen zweiten, einfarbig beigen trug. Die Beine zierten pinkfarbene wollene Leggins, und an den nackten Füßen trug sie schwarze Sandalen.

Die Wohnung bestand aus einem Flur mit einer Treppe in den Keller, links einer Küche und rechts einem großen Raum in L-Form, der zum Arbeiten, als Lager und zum Wohnen diente. Die Funktion des Lagers überwucherte in dieser Wohnung alles andere. Überall hingen, standen und lagen Bilder mit und ohne Rahmen. Zum hinteren Teil des Raumes gab es nur einen schmalen Pfad durch lauter Bilder wie eine von Eisbrechern freigehaltene Fahrrinne.

Frau Moch erklärte die Enge mit der Rückkehr von fast hundert Bildern aus der Ausstellung im „Haus an der Redoute". Joachim hatte diese Ausstellung besucht und sich dort mit zwei Bildern angefreundet. Das eine zeigte einen Tiger, das andere eine Schildkröte. Helene Moch malte schon seit Jahren nur noch Tiere. Ihr Atelier war der Kölner Zoo. Dorthin fuhr sie fast jeden Tag mit der Straßenbahn und malte sich durch die ganze Arche Noah: Kamele, Bären, Wölfe, Affen, Bisonbullen, Lamas, Hängebauchschweine, die beim Rammeln waren, Schlangen, Vögel, Heuschrecken, Grillen, Spinnen und einen Bienenschwarm.

Die Malerin und ihr Besucher setzten sich an einen kleinen Tisch am Fenster zum Hof, und Bock kam gleich auf das Portrait des Tigers zu sprechen. Er sparte dabei nicht mit bewundernden Worten: Wie es der Malerin gelungen sei, den Kopf des Tigers genau in die Mitte des Querformats zu bringen. Und wie witzig die lange, rosarote, demonstrativ herausgestreckte Zunge den Eindruck erwecke, als mache sich der Tiger lustig über den Besucher, fast wie Einstein auf dem berühmten Poster. Frau Moch sah Bock verwundert an; mit dessen abgehobenen psychologisierenden und ästhetisierenden Betrachtungen wusste sie offenbar wenig anzufangen. Sie blieb auf solidem handwerklichen Boden und sagte nur trocken: „Wenn diese Tiere nur etwas länger stillsitzen würden! Wie beneide ich da die Porträtisten. Die Menschen bleiben doch viel länger so sitzen, wie man es ihnen sagt."

Was Bock schon vor Jahren in Gesprächen mit dem Maler Borneff festgestellt hatte, fand er erneut bestätigt: Die meisten Künstler verstehen ihre eigenen Werke leider nicht. Sie sind handwerklich begabte Medien; aber was sie schaffen, verstehen nur die Kritiker. Andererseits gab vielleicht gerade diese unschuldige Ignoranz Käufern wie Bock, die sich um Interpretation bemühten, einen Hauch von Wichtigkeit, der sich lustvoll genießen ließ.

Bock hakte noch einmal nach. Gestern habe er in einem Interview mit Margot Hausenstein, der Gattin des ersten westdeutschen Botschafters nach dem Kriege in Paris, gelesen, deren Traum vom Glück sei es gewesen, ein Tier zu besitzen, das mit ihr spreche. Ob Frau Moch auch wünsche, die Tiere, die sie male, könnten mit ihr reden? „Um Gottes willen nein, nur länger stillhalten sollten sie." Bock kaufte schließlich die Schildkröte, sie passte, so fand er, besser in einen bescheidenen Haushalt. Der Tiger war ein Bild zum Träumen und für ein normales bürgerliches Haus viel zu groß.

7. In Brühl gibt es ein Amtsgericht und im Bonner Talweg einen Bio-Laden in der Rechtsform einer GmbH

Die erste Diensthandlung des Ministerialrats Joachim Bock am Montagmorgen war ein Privatgespräch. Er rief die Brühler Nummer an, und diesmal hatte er Glück. Am anderen Ende meldete sich Krista Hansen.

Ihre Stimme war für Joachim von großem Reiz: hochdeutsch vornehm, doch nicht ohne Charme, wandlungsfähig, wenn sie lachte, und sie lachte bis zum Glucksen, wobei der Bauch die Führung übernahm. Sie bestimmte, wann sie sich treffen würden: schon am Mittwoch um 15 Uhr im Bistro Miebach am Bonner Markt. Sie freue sich, waren ihre letzten Worte. „Ich auch", antwortete Joachim wenig originell. Die offenbar sehr bestimmte und nicht weniger gewandte Dame hatte ihn beeindruckt.

Punkt drei Uhr saß Joachim im „Miebach" am dritten Tisch links mit Blick auf den Eingang. Die Neue Zürcher Zeitung hatte er so sorgfältig ausgerichtet, dass Frau Hansen, vom Eingang kommend, sofort die Kopfzeile würde lesen können. Er war unangenehm aufgeregt und dachte wieder an den Besuch des Nikolaus, als eine Dame forsch mit hoch erhobenem Lockenkopf das Lokal betrat, irgendwie gleichzeitig auf die Neue Zürcher Zeitung und seinen Schnurrbart starrte und Krista Hansen war.

Das Gesicht war ungeschminkt und auf eine herbe Weise schön, von einer kratzigen Art, wie sie bei alten Geschlechtern anzutreffen ist, die auf das Erworbene achten müssen, was misstrauisch macht. Frau Hansen trug einen grünen Lodenmantel mit Hamsterfutter, mit dem auch die Innenseite der Kapuze gefüttert war, und unter dem langen Mantel eine dunkelblaue Hose, dazu schwarze Lackschuhe.

Joachim sprang zu spät auf, stammelte ein Willkommen und kümmerte sich um den Mantel, der schwerer war, als er erwartet hatte. Jetzt konnte er auch ihren hellblauen Pullover aus Angorawolle sehen, der allem Anschein nach zum Fusseln neigte. Sie nahm ihm gegenüber Platz und sah ihn strahlend an, was ihn noch verlegener machte. Um Zeit zu gewinnen, winkte er dem Kellner. Frau Hansen bestellte, wie auch er schon zuvor, schwarzen Tee, dazu aber Wiener Würstchen, was ihm nie in den Sinn gekommen wäre. Er hatte ein ganz normales Stück Apfelkuchen vor sich stehen.

Jetzt musste gesprochen werden, und zum Glück fing sie damit an. „Sie sind Witwer, und wenn ich Ihre Annonce richtig verstanden habe, noch nicht lange. Erzählen Sie von Ihrer Frau!“ Joachim fand diese Eröffnung eigenwillig, aber ihm war es recht, Hauptsache sie kamen ins Gespräch. Dann hörte er sich reden, und es klang wie die auswendig gelernte Aussage eines Zeugen vor Gericht: Ja, seine Frau Therese sei vor drei Monaten gestorben, nachts im Bett an Herzversagen. Sie hätten jung geheiratet. Sie sei kurz Lehrerin gewesen, habe dann aber nach der Geburt ihrer Tochter den Beruf aufgegeben. Seitdem sei sie Hausfrau gewesen und habe sich um das Kind, den Hund und den Mann gekümmert. Damit sei sie, soweit er wisse, zufrieden gewesen.

Frau Hansen hatte ihm anfangs freundlich lächelnd zugehört wie eine Lehrerin ihrem Lieblingsschüler, der ohne Stocken ein Gedicht aufsagt. Doch an der Stelle, wo Therese den Beruf aufgab, verzerrte sich ihr Gesicht, fast als litte sie an einer Neuralgie. Die Erklärung ließ nicht lange auf sich warten. „Meinen Sie nicht“, fragte sie in einem Ton, der nach Vorwurf klang, „dass es leichtsinnig war von ihrer Frau, so einfach den Beruf aufzugeben und auf eine eigene Existenzgrundlage zu verzichten? Ganz abgesehen davon, dass ein Beruf, erst recht der einer Lehrerin, das Leben reicher macht, als wenn man nur auf Mann und Kind wartet und mit dem Hund spazieren geht.“

„Aber ich bitte Sie, Frau Hansen", hörte sich Joachim zu seiner und Thereses Verteidigung vortragen, „sie war doch durch mich gesichert. Wenn ich vor ihr gestorben wäre, hätte sie eine Pension bekommen. Und wir haben auch ein abbezahltes Haus", fügte er hinzu, und, obwohl er merkte, dass Therese in diesem besitzanzeigenden Präsenz-Plural plötzlich wiederauflebte, korrigierte er nichts.

Frau Hansen konnte er mit dieser schwachen Verteidigung nicht beeindrucken, im Gegenteil, jetzt legte sie erst richtig los: „Was heißt hier schon gesicherte Pension. Stellen Sie sich vor, sie hätten sich mit Ihrem Chef gestritten und ihn im Zorn tätlich angegriffen, ihm womöglich den Schädel eingeschlagen, so wären Sie ohne Pension aus dem Amt geschieden. Ihr Haus wäre für den Schadensersatz draufgegangen, und Ihre Frau wäre mit leeren Händen dagestanden. Als Familienrichterin erlebe ich solche Fälle fast jede Woche. Die Dummen sind immer die Frauen. Die müssen dann mit ein paar Hundert Mark Sozialhilfe auskommen, weil sie keine eigenständige Alterssicherung haben."

„Himmel!", dachte Bock, „auch sie ist also Juristin, Einzelrichterin noch dazu, die stets das letzte Wort haben, in Urteilsform. Das kann nicht gut gehen." Laut sagte er, um dem Gespräch durch einen Schuss schwarzen Humors die Peinlichkeit zu nehmen: „Da hat meine Frau ja noch mal Glück gehabt." Doch der Schuss ging nach hinten los. Beleidigt darüber, dass jemand es wagte, Witzchen über ein Thema zu machen, das sie nur mitleidend und in Moll behandeln konnte, schwieg Frau Hansen, und Stille lastete auf dem Tisch mit der Neuen Zürcher Zeitung.

„Herr Ober, bitte zahlen", war Joachims erster Impuls. Statt dessen sagte er in die Stille hinein: „Entschuldigen Sie, ich wollte Sie nicht ärgern, und Sie haben ja vollkommen recht." Das entspannte Lächeln auf Krista Hansens Gesicht verführte ihn dazu, mutig fortzufahren: „Was übrigens meine Frau Therese betrifft, so hat sie auch deshalb nicht wieder gearbeitet, weil sie bei der hohen Arbeitslosigkeit nicht solchen Lehrern im Wege stehen wollte, die auf ein Gehalt dringend angewiesen sind."

Frau Hansen sah ihn jetzt fast mitleidig an, wie einen armen Wicht, und sie sprach ein neues Urteil: „Das ist ja rührend, löst aber nicht das Problem der Arbeitslosigkeit. Wenn zu wenig Arbeit da ist, dann muss sie gerecht verteilt werden auf alle, auch auf die Frauen. Wird in einem Haushalt das Brot knapp, geben die Eltern ja gerechterweise auch nicht den Söhnen alles und den Töchtern nichts. Jeder bekommt seine Scheibe ab."

Joachim kam sich vor wie bei einer Podiumsdiskussion zwischen Alice Schwarzer und dem alten Stechlin, fand aber langsam Gefallen an seiner Rolle, noch mehr freilich daran, wie leicht sich Frau Hansen immer wieder reizen ließ. „Der Hauptgrund für die berufliche Zurückhaltung meiner Frau Therese", legte er noch einmal nach, „war, ich hätte es fast vergessen, ein Spruch von Samuel Butler. Auf ihrer Pinnwand in der Küche hatte sie ihn ganz oben aufgespießt, und da ist er heute noch zu lesen: ‚Jedes Lebewesen außer dem Menschen weiß, dass der Sinn des Lebens darin besteht, es zu genießen.' Gefällt Ihnen der Spruch?" „Ich weiß nicht", so die kühle Antwort von Frau Hansen, „wann Herr Butler gelebt hat, wohl nicht in unserem Jahrhundert und auch wohl nicht im vorigen. Sein Spruch hat den malerischen Charme eines Clochards unter dem Pont Neuf. Tätowiert auf dessen Arm, auf Französisch, versteht sich, kann ich ihn mir gut vorstellen. Nur zu, mit einer solchen Weltanschauung werden wir die Zukunft sicher meistern!" Und wie zur Bekräftigung ließ Frau Hansen ihr Messer kraftvoll in das Wiener Würstchen fahren.

Dieser demonstrative Akt aggressiver Triebabfuhr wirkte wie ein kleines Wunder. Die Spannung löste sich, und wie wenn sich Frau Hansen plötzlich wieder daran erinnerte, dass sie ja eigentlich nicht zum Streiten ins Bistro Miebach gekommen waren, ganz im Gegenteil, sagte sie sichtbar bemüht, ihrer Stimme nicht länger ihre Wärme und ihren rauen Charme vorzuenthalten: „Lassen wir die Toten ruhen. Eigentlich wollte ich ja Sie kennenlernen. Bisher weiß ich von Ihnen aber nur, dass Sie einen Schnurrbart tragen. Haben wenigstens Sie einen Beruf?“

Erleichtert, dass er nicht länger Therese zu verteidigen hatte und dass Frau Hansen jetzt durchaus menschliche Züge zeigte, holte Bock tief Atem und begann: „Viel weiß ich ja von Ihnen auch noch nicht. Aber von dem wenigen, was ich weiß, aus einem Nebensatz von vorhin, ist wohl das Wichtigste, dass Sie Richterin sind. Da kann ich anknüpfen. Vor etwa zwanzig Jahren war ich auch eine Zeitlang Richter, in Köln am Amtsgericht und am Landgericht.“ Schon hakte Krista Hansen wieder ein: „Sie waren Richter? Warum sind Sie es nicht mehr?“

„Das ist eine lange Geschichte. Am Anfang hat mir diese Tätigkeit recht gut gefallen. Diese Unabhängigkeit und, dass man wichtige Fragen allein oder doch maßgeblich mit entscheiden kann, das ist schon etwas Faszinierendes für einen jungen Menschen. Manchmal bin ich mir aber doch recht naseweis vorgekommen, wenn ich als 28jähriger doppelt so alte Eheleute fragen musste, wann denn ihr letzter ehelicher Verkehr gewesen sei. Nach vier Jahren als Richter hat sich bei mir eine Unlust eingestellt. Der dauernde Umgang mit dem Unvollkommenen hatte mich zermürbt. Denn wo ein Richter auch hinlangt, alles ist kaputt und, was das Schlimmste ist, auch meistens nicht mehr zu reparieren. Kaputt waren die Ehen, deren Partner vor mir standen. Kaputt waren die Vertragsbeziehungen, über die gestritten wurde. Kaputt waren die meisten Jugendlichen, die ich als Jugendrichter verurteilen musste, und in der Jugendstrafanstalt gingen sie dann noch kaputter. Mit einem Wort, ich bin mir damals vorgekommen wie bei einer gesellschaftlichen Müllabfuhr.

Man hätte reparieren müssen, aber dazu fehlt dem Richter jegliches Werkzeug. Er hat nur den schweren Hammer. Als ich eines Tages am Amtsgericht in Bensberg einen Untersuchungshäftling freilassen wollte, der mit der grünen Minna aus Köln gekommen war, hatte der Mann keinen Pfennig mehr, nicht einmal die zwei Mark für einen Fahrschein zum Sozialamt. Damals habe ich dem Mann aus meinem Portemonnaie zehn Mark gegeben und beschlossen, dass ich künftig etwas anderes machen würde."

Frau Hansen hielt es jetzt nicht mehr. Alles in Gesicht und Körpersprache verriet einen neuen Schub von Unverständnis. „Das mit der Müllabfuhr", sagte sie, „nehme ich nicht übel, wenn ich es auch ziemlich lieblos finde. Aber es war sicher falsch, dass Sie die Justiz verlassen haben. Denn nur Richter, denen die Probleme bewusst sind und die mit darunter leiden, können allenfalls etwas zum Besseren bewegen. Nur der ist ein guter Jurist, der mit schlechtem Gewissen Jurist ist. Ein Satz von Gustav Radbruch. Solche Klugscheißereien merke ich mir normalerweise nicht; aber diese war es mir wert. Sie hätten ein guter Richter werden können. Jetzt ist es zu spät." Und nach kurzer Pause fragte Krista Hansen: „Was machen Sie denn jetzt?"

„Hohes Gericht! Ich arbeite im Bundesministerium für Wirtschaft, und das schon seit zwanzig Jahren." – „Um Gottes willen!" rief Frau Hansen aus, worauf das Paar am Nebentisch, das schon einige Male herübergesehen hatte, erneut mokierte Mienen machte. „Ich habe vor längerer Zeit einmal für nur ein Jahr im Innenministerium gearbeitet, im Referat für Organisation und Datenschutz. Nie im Leben habe ich auf so engem Raum so viel Abartigkeit gesehen. Länger als ein Jahr kann man sowo nicht bleiben, sonst nimmt man Schaden." – Was soll ich darauf sagen, dachte Bock, die Kollegen aus dem Innenministerium waren ja in der Tat etwas hölzerner als die in seinem Hause; aber als abartig hätte er sie nie bezeichnet, da übertrieb Frau Hansen. Er schwieg, und sie lenkte selber ein: „Gut, ich gebe zu, das Wirtschaftsministerium ist nicht das Innenministerium. Bei Ihnen gibt es ja auch nicht nur Juristen. Und selbst Sie als Jurist machen bisher auf mich einen ganz normalen Eindruck, ich hätte bei Ihnen nie auf Innenministerium getippt." – „Danke vielmals", erwiderte Bock süßsauer. Mehr fiel ihm nicht ein.

Frau Hansen ließ jetzt erstmals ihre Blicke schweifen wie in einer Lockerung beim Turnen. Dabei sah sie auf die große runde Uhr über der langen Theke und erschrak: „Mein Gott, es ist schon spät geworden. Wir haben uns verplaudert. Jetzt weiß ich immer noch fast nichts von Ihnen und Sie so gut wie nichts von mir. So kann´s gehn. Aber leider muss ich jetzt auf der Stelle aufbrechen, denn ich treffe meine Tochter drüben vor dem Metropol. Wir sehen uns den Film ‚König der Löwen' an. Da muss ich pünktlich sein, sonst gibt es keine Karten mehr." – „Ist Ihre Tochter denn noch so klein", fragte Joachim spontan. – „Nein, sie ist achtzehn; aber wir sehen solche Filme gern. Wir lassen keinen aus." Frau Hansen wollte den Kellner zum Bezahlen rufen; aber Bock bat sie um die Erlaubnis, ihre Zeche mit zu übernehmen. „Ausnahmsweise", erwiderte sie, „aber nur, weil ich so in Eile bin. Könnten Sie mir Ihre Karte geben. Vielleicht sehen wir uns noch einmal; aber nur, wenn Sie wollen." Sie war gut gelaunt und schon aufgestanden, als Bock ihr seine Karte reichte. Er half ihr in den schweren Mantel, und sie musterte ihn noch einmal. Erst jetzt würde sie ihn wiedererkennen, wenn sie ihm nach dem Kino auf dem Markt begegnen würde. Sie drückte seine Hand, kraftvoll und doch damenhaft, wie eine Gutsherrin, dachte Bock, obwohl er nie einer Gutsherrin die Hand gegeben hatte. Hoheitsvoll schritt Frau Hansen zur Tür, ohne zurückzublicken.

Joachim zahlte die Zeche. Er hatte sich das alles anders vorgestellt. Langweilig war es jedenfalls nicht gewesen. Frau Hansen war ihm auch nicht unsympathisch. Das Treffen war nur leider so verlaufen, dass es für ein Zueinanderfinden zu wenig Raum gelassen hatte. Bock versuchte, sich vorzustellen, wie Krista Hansen auf ihn gewirkt hätte, wenn das Gespräch harmonischer verlaufen wäre. Sie war nicht unschön, sie war klug, sie hatte eine angenehme Stimme, sie war bei aller Streitbereitschaft fair, und unter dem fusselnden Pullover erinnerte er sich einen stattlichen Busen erahnt zu haben. Wären sie sich einiger gewesen, wäre er jetzt wohl begeisterter. So aber hatte er etwas von einem begossenen Pudel, das sich nicht sogleich verdrängen ließ, dazu war der Guss zu intensiv gewesen. Man würde eine zweite Halbzeit spielen müssen; aber vorerst sehnte sich Joachim nach der Kabine. Nach diesem ersten Treffen war ihm auch der Gedanke tröstlich, dass er noch eine zweite Dame kennenlernen würde.

Das Treffen mit Hildegard Winter im Bonner Kaffeehaus bildete dann auch wirklich einen starken Kontrast zum Mittwoch mit Frau Hansen. Frau Winter trat an Joachims Tisch im ersten Stock am Fenster und lachte so von Herzen und mit aller Kraft ihres Gesichtes, dass er gleich für sie eingenommen war. Auch sie war ungeschminkt, aber von einer gesunden frischen Farbe, die auf lange Spaziergänge und womöglich Vollwertnahrung schließen ließ. Sportlich wirkte sie. Dunkelblonder Pagenkopf, beiger Rollkragenpullover, braune Steppweste, Hose, Stiefeletten, eine schwarze Holzperlenkette und das Armband dazu passend. Die naturfarbene Daunenjacke hatte sie schon auf dem Arm. Schlank war sie und so normal, wie sie es in ihrem Brief schon angekündigt hatte. „Ich habe so etwas noch nie gemacht", sagte sie, „und ich weiß nicht, wie es geht. Vielleicht kommen wir am besten aus der Verlegenheit, wenn ich Ihnen mal vorschwätze, was über mich zu sagen ist." Sie sagte wirklich „vorschwätze" und das in fränkischem Tonfall, den Bock von Urlauben in Pommersfelden kannte. Er war dankbar für Frau Winters Vorschlag.

Sie stammte aus einer Handwerkerfamilie in Neustadt an der Aich. Die Schule hatte sie nach der mittleren Reife verlassen, um etwas zu tun, und bei der Stadtverwaltung in Bamberg hatte sie im Jugendamt etwas nach ihrem Geschmack gefunden. Dann änderte sich alles, als sie sich in einen städtischen Amtsrat verliebte, der verheiratet war und zwei Kinder hatte. Um ihn nicht mehr Tag für Tag zu sehen, meldete sie sich auf ein Angebot des Familienministeriums nach Bonn. Dort arbeitete sie, in den ersten Monaten wund vor Heimweh und vor Liebeskummer, in der Hausverwaltung und später in der Reisekostenstelle. Begeistern konnte sie hier nichts. Weihnachten vor drei Jahren hatte dann ihr Vater Hildegard und ihren beiden Brüdern je einen Umschlag in die Hand gedrückt, in dem sie einen Scheck über 50.000 DM gefunden hatten. Der Vater hatte ein Grundstück verkauft und gemeint, er wolle mit dem Vererben nicht warten, bis er dereinst im Grabe liege. Darüber hatten sich seine Kinder sehr gefreut. Hildegard Winter nutzte die Chance, ihr subalternes Dasein grundlegend zu verändern. In dem Bio-Laden Rapunzel am Bonner Talweg hatte sie seit langem eingekauft. Jetzt kaufte sie den ganzen Laden. Sie gründete als Einfraugesellschaft die Rapunzel GmbH und wurde als Geschäftsführerin ihre eigene Angestellte, wegen der Sozialversicherung. Der Laden ging gut. Die Leute mit den besseren Einkommen ließen sich die nicht vergifteten Lebensmittel etwas kosten. Drei Studenten halfen stundenweise mit im Laden, so dass Frau Winter auch noch Freizeit hatte. „Mir geht es finanziell recht gut", schloss sie die Kurzfassung ihres Lebens, „mir gehört jetzt auch die Wohnung über dem Laden. Aber als Mensch fühle ich mich einsam, seit Philipp vor einem Jahr gestorben ist. Er war nicht meine große Liebe; aber er war lieb zu mir, und ich hatte jemanden, für den ich sorgen konnte. Er war nämlich beruflich ein Versager. Aber das hat mir nichts ausgemacht."

Frau Winter hatte das alles vor allem mit dem Gesicht erzählt. Nie hatte Joachim ein Gesicht gesehen, das sich so ins Zeug legte, das beim Erzählen mit der Stimme konkurrierte, als müsse es seine Botschaft wie im Stummfilm pantomimisch überbringen. Es war nicht nur die Heiterkeit, die sich lachend explizierte; auch die erzählte Trauer um den toten Philipp ließ Hildegard Winters Züge für Augenblicke in ein Bild des Jammers gleiten. Dann aber lächelte sie wieder nachsichtig, als sie auf Philipps berufliches Versagen zu sprechen kam. Joachim war voll der Bewunderung und Zuneigung für dieses arbeitende Gesicht. Wo Sprache und Gesichtsausdruck so zwillingsgleich dasselbe sagten, da war nur Ehrlichkeit und Anstand zu erwarten, da fiel Vertrauen leicht.

Sie aßen beide Apfelkuchen und tranken Tee. Bock berichtete ein wenig über sich und sah auch dabei unverwandt und wie unter einem Zwang in Hildegard Winters mitarbeitendes Gesicht. Denn nicht nur, wenn sie selber sprach, war es in erläuternder Bewegung; auch als Joachim erzählte, gönnte es sich keine Ruhe, bestätigte vielmehr durch ausdrucksstarke Gesten dem Erzähler, dass er verstanden wurde, dass sie mitlitt, wo er es verdiente, und dass sie mithoffte, wo er Hoffnung schöpfte. Joachim konnte sich beim Erzählen kaum noch konzentrieren, so lieb war ihm das mitfühlende Gesicht geworden. Er hätte es am liebsten angerührt, seine Wange an die von Frau Winter geschmiegt, um diese vor weiterer Beunruhigung und Mühe zu bewahren.

Als Joachim geendet hatte, trat eine Pause ein, Hildegards Gesicht entspannte sich nur kurz; dann breitete sich die Sorge in ihm aus, wie es nun weitergehen würde. Joachim hatte nur den einen Wunsch, ihr diese Sorge rasch zu nehmen. „Sie sind mir sehr sympathisch“, stieß er hervor. Und darauf Hildegard Winter: „Sie mir auch.“ Und darauf er: „Was jetzt zu tun ist, weiß ich nicht so recht. Ich habe mit solchen Treffen keine Erfahrung. Sie?“ Und darauf sie: „Ich auch nicht.“ „Aber ich habe gelesen“, so Joachim weiter, „bei einem solchen ersten Rendezvous dürfe man sich nicht zu viel vornehmen, auch wenn man Lust drauf habe, müsse man die Frucht erst reifen lassen, ehe man sie pflücke. In der Zeitschrift, in der das stand, haben die das auch ganz gut begründet. Aber wie, das habe ich vergessen." Frau Winter lächelte verständnisvoll und sorgenlos, und Joachim war darüber froh.

Sie bestellten noch jeder ein Stück Apfelkuchen und plauderten noch eine Stunde. Dabei legte Joachim zweimal kurz seine rechte Hand auf Frau Winters linke, als sie etwas erzählte, was ihm gut gefiel. Sie machte dazu gute Miene. Schon diese leichte Berührung erregte Joachim. Sein ganzer Körper verlangte inzwischen so nach einer Frau, dass er am liebsten mit Frau Winter gleich ins Bett gegangen wäre. Von diesem Gedanken und seinem geilen Ernst konnte Joachim sich nur dadurch wieder lösen, dass er sich fragte, was in dem lieben Gesicht dort wohl vor sich gehen würde, wenn er jetzt sagen würde: „Ich möchte Sie jetzt auf der Stelle ficken." Er lachte kurz auf und war froh, dass Frau Winter nur mitlachte und nichts fragte.

Sie brachen auf, nachdem sie sich versichert hatten, dass sie sich gerne wiedersehen wollten, dann zum Abendessen. Da Hildegard Winter aber Weihnachtsferien bei den Eltern in Franken machen wollte, würde das erst im Januar möglich sein.

8. Ein Hund sollte nicht zu freundlich sein, ein Brüderchen kann er auf Dauer ohnehin nicht ersetzen

Braucht ein Alleinstehender einen Weihnachtsbaum? Noch dazu, wenn er am Heiligen Abend nicht zu Hause ist? Diese Frage hatte Joachim Bock am nächsten Morgen zu entscheiden, und er entschied sie schnell mit Nein. Tochter Charlotte und Schwiegersohn Christoph hatten ihn eingeladen; sie würden erstmalig ihren eigenen Christbaum haben.

Der Kauf des Baumes war früher immer Joachims Sache gewesen, obwohl er für dieses Geschäft ziemlich ungeeignet war. Therese hatte stets eine wohlgewachsene Fichte mit gut verteilten Ästen haben wollen. Joachim aber hatte sich meistens ein minder schönes Exemplar andrehen lassen. Geärgert hatte ihn das nicht; denn auch diese etwas zu kurz Gekommenen wollten ja zum Christfest irgendwo bleiben. Wenn sich die Enttäuschung bei Therese dann auch nach einer Stunde noch nicht legte, ging er in den Wald und holte ein paar Zweige, mit denen er die Blößen seines Bäumchens deckte, und Therese war besänftigt.

Wie wohl Hildegard Winter reagieren würde, wenn er nächstes Jahr mit einem verwachsenen Bäumchen ankäme? Würde sie ihn lachend in die Arme schließen? Oder würde sich ihr liebes Gesicht verdunkeln? Und wie wäre es mit der herben Krista Hansen? Würde sie ihm eine Szene machen?

Joachim Bock stellte wieder einmal fest, dass er von Frauen wenig bis nichts verstand, und von der Liebe noch weniger. Mann und Frau, hatte er neulich in einem Magazin gelesen, ähnelten als Produkte der Evolution nicht kompatiblen Computer-Systemen. Wäre ihm dieser Satz nicht so modisch-technisch vorgekommen, er hätte ihm vielleicht zugestimmt. So hielt er es lieber mit der Schlager-Weisheit des Sängers Müller-Westernhagen, der schon vor Jahren das Geheimnis der Liebe im Zirkelschluss enträtselt hatte: „Weil ich dich liebe,/ ich liebe dich so sehr,/ weil ich dich brauche,/ ich brauche dich so sehr."

„Ja, ich brauche eine Frau", dachte sich Joachim, und wie wenn ihn das der Erfüllung seines Wunsches nähergebracht hätte, murmelte er diese fünf Worte nochmals vor sich hin. Das mit der Liebe würde sich dann schon geben. Denn eines war ihm nach dem ersten Treffen mit den Damen Hansen und Winter klar geworden: Eine Liebe auf den ersten Blick war keine von den beiden. Aber lieb haben könnte er sie wohl beide, Hildegard Winter sowieso, weil sie so natürlich und anteilnehmend war. Aber auch sein Bild von Krista Hansen hatte sich mit dem Abstand immer mehr erhellt; er brauchte nur an die erahnten großen Brüste unter dem fusselnden Pullover zu denken, er war nun mal Busenfetischist.

Doch eines war Joachim ganz sicher nicht: Zirkus-Artist. Und der hätte er, wie es ihm vorkam, sein müssen, um gleichzeitig auf zwei Pferden reiten zu können. Er, der in seinem ministeriellen Leben das Wettbewerbsprinzip verkörperte, wusste im privaten mit dem Wettbewerb nichts anzufangen. Er fuhr am liebsten immer zum selben Urlaubsort, und er bezweifelte zuweilen das Dogma der Biologen, dass bei der Partnerwahl die Vielzahl der Möglichkeiten nur von Vorteil sei. Ein Mann und eine Frau auf einer einsamen Insel, und alles sprach für Harmonie und Glück. Die Vielfalt und der Wettbewerb schufen die Probleme. Bock musste an den Itzehoer Einzelhändler denken. Dann dachte er an Hildegard Winter und setzte sie, schon aus Ordnungsliebe und bis auf weiteres, auf Platz eins. Vor dem Wiedersehen mit ihr im Januar würde er sich bei Frau Hansen nicht mehr melden.

Der Heilige Abend bei den Kindern war traurig und doch schön. Traurig war die Erinnerung an die vielen Heiligen Abende mit Therese, ange-

nehm war es, sich von den Kindern über die Rückkehr seiner Trauer liebevoll hinweghelfen zu lassen. Charlotte trug ungeheure Mengen von Köstlichkeiten auf: Weinbergschnecken, Tomatensuppe, weil das ihres Vaters Lieblingssuppe war, für jeden einen ganzen Hasenrücken; sie liebte reichliche Portionen, Käse mit Weintrauben, von denen er sich nicht erklären konnte, wo sie um diese Jahreszeit herkamen, und Crèpe Suzette. Seine Tochter war in der Küche ebenso gut wie im Beruf. Das war ein Erbe von Therese; aber im Vergleich zu ihrer Mutter improvisierte sie mehr und meistens zum Vorteil der Gerichte.
Christoph zelebrierte sich mit seinen Weinen. Drei Gläser standen neben jedem Teller, Respekt einflößend hoch wie kleine Statuen. Als Student hatte er mal bei einem Weinhändler ausgeholfen, seitdem hatte er die weltanschauliche Gewissheit, dass man sich guten Wein schon etwas kosten lassen müsse, und der Pomerol „Chateau La Ganne" 1986, den er gerade fachmännisch dekantierte, hatte bestimmt mehr als dreißig Mark gekostet.

Joachim zog normalerweise seine leichten Italiener für 8 Mark 90 vor. Doch heute trank er gern und reichlich Christophs teuren Wein und spürte bald die angenehme Wirkung. Nach dem Festmahl pafften beide Männer, obwohl sie sonst nicht rauchten, riesige Zigarren, einfach so zum Spaß und, um den Raum in feierlichen Rauch zu hüllen.

Zum Dessert gab es die Bescherung. Joachim bekam ein Opernglas und eine neue Baumsäge und beschenkte seinerseits die Kinder mit der Schildkröte von Helene Moch, danach wurde gesungen. Christoph begleitete am Klavier, und alle drei sangen mehr laut als schön die alten Lieder. Joachim sah dabei auf die Schildkröte neben dem Weihnachtsbaum, die sich in dem ihr unbekannten, mit Kerzen illuminierten Raum zurechtzufinden suchte. „O du fröhliche, o du selige", grölte Joachim vom Wein gelockert und erkannte auf einmal, was ihm an dieser Schildkröte von Anfang an so gut gefallen hatte. Schildkröten sind ja gemeinhin mehr Schild als Kröte. Doch diese hier ließ diese Regel für sich nicht gelten. Nicht nur, dass Beine und Hals die Farbe Lila hatten, sie waren auch so lang und dominierend, dass der Panzer nur noch wie ein großer Sattel wirkte. Man hätte an das Maultier Sancho Pansas denken können, das wegen des breiten Hinterns seines Reiters schon einen ziemlich großen Sattel brauchte. Das krötenhafte Tier hatte seinen Reiter abgeworfen und genoss jetzt die Befreiung, man sah es deutlich an dem schalkhaft blinzelnden roten rechten Auge.

Als die bekannten alten Lieder gesungen waren, hatte Joachim von Christophs gutem Wein so viel getrunken, dass ihm alles reichte und er nur noch den einen Wunsch verspürte, mit seinem von sechs Gängen prallen Wanst zu Bett zu gehen. Noch ein Kräutertee, und dann erfüllte er sich diesen Wunsch.

Der Mittwoch nach Weihnachten war für Joachim Bock weiß Gott kein Tag wie jeder andere. Denn am Abend dieses Tages hatte er endlich wieder eine Frau. Und das verdankte er drei Zufällen. Erstens hatte er sich diesmal ausnahmsweise zwischen den Feiertagen freigenommen. Zweitens war das Wetter so ungewöhnlich warm, dass es sogar ein richtiges Gewitter gab. Und drittens hatte er sein Auto bei Kilometerstand 120 000 zur Inspektion in die Werkstatt gebracht. Alle drei Umstände mussten zusammentreffen, damit Joachim an diesem Tage die Nummer 2 seiner Frauen-Liste traf und auch gleich noch mit ihr schlief.

Er hatte spät zu Mittag gegessen, in einer Pizzeria in der Stadt. Danach hatte er auf der Liege in seinem Arbeitszimmer ein Nickerchen gehalten und war dann mit Basti, einem Bobtail aus der Nachbarschaft, zum Spaziergang in den Stadtwald aufgebrochen. Die Hündin Basti hatte sich wie immer, wenn Bock kam, vor Freude wie wild gebärdet. Sie hatte das

Problem, dass es ihr an Bewegung mangelte. Von ihrem Besitzerehepaar war sie gleichsam als Schwester für das sechs Jahre alte Töchterchen und Einzelkind Pauline engagiert worden. Nun hatte Pauline aber unverhofft doch noch ein Brüderchen bekommen, und Basti war im Grunde überflüssig. Therese hatte den Hund auf ihren Spaziergängen immer ausgeführt, und Joachim hatte diese Gewohnheitspflicht wie ein Vermächtnis übernommen.

Der Hund war von liebenswürdigem Charakter, fast musste man sagen, er war zu freundlich. Basti begrüßte nicht nur alle anderen Hunde, sie hatte auch den Drang, den Menschen einen guten Tag zu wünschen. Das tat sie ziemlich ungestüm und, wenn ihr jemand besonders sympathisch war, so herzlich, dass sich der oder die Begrüßte manchmal etwas überfordert fühlte. Denn sie machte sich dann lang und legte ihm oder ihr die Vorderpfoten auf die Brust oder die Schultern. Missverständnisse und Missstimmungen blieben da nicht aus, besonders bei nassem Wetter und bei Leuten, die hellfarbige Kleider trugen.

Mit dem Grüßen ist es in der Bonner Gegend ohnehin so eine Sache. Ein Spaziergänger grüßt hier den anderen möglichst nicht. Die meisten richten ihre Blicke von vorneherein so ins Unendliche, dass man sie nicht grüßen kann. Man könnte meinen, die Bonner wollten Aristoteles und seinen Lehrsatz widerlegen, dass der Mensch ein auf Gesellschaft angelegtes Wesen sei. Auch deshalb hatte sich Joachim immer wieder so auf den Urlaub in der Schweiz gefreut, wo die Spaziergänger mit ihrem Grüezi sich gegenseitig zu akzeptieren schienen.

Dies denkend war Joachim im Wald so vor sich hin gegangen, als Basti sich plötzlich von seiner Seite löste, um eine ihnen entgegenkommende Dame in heller Windjacke und Jeans besonders herzlich zu begrüßen. Als Joachim zu Hilfe eilen wollte, war es schon passiert, zwei große Schmutzflecken in Brusthöhe auf der Jacke der Dame, die niemand anderes als Krista Hansen war. Joachim entschuldigte sich lebhaft; aber sie bemerkte nur lachend: „Das kann man doch waschen“, und streichelte den Hund, der das genoss.

Nur ein paar belanglose Worte hatten sie gewechselt, da fing es an zu tröpfeln, und kurz danach ergoss sich auch schon das Gewitter über sie. Joachim hatte seinen Schirm mitgenommen; denn der Wetterbericht hatte vor Schauern gewarnt. Doch Krista Hansen hatte weder Hut noch Schirm dabei. So lud Joachim sie ein, unter dem Schutz seines Schirmes mit zu seinem Haus zu kommen und sich von dort mit dem Auto nach Hause fahren zu lassen. Krista Hansen hakte sich einverstanden bei ihm ein und schmiegte sich an, um unter dem halben Schirm nicht zu viel Regen abzubekommen. Joachim tat diese Nähe wohl. Frau Hansen kam ihm heute viel sanfter vor als bei ihrem Auftritt im Bistro Miebach.

Der Hund trabte jetzt missmutig vor ihnen her, sein dickes Fell saugte sich voll Wasser wie ein Schwamm. Auch Krista Hansens Hose war bald bis übers Knie klatschnass. Derart triefend kamen sie nach zehn Minuten in Bocks Wohnviertel an. Er reichte die nasse Basti ihren Eltern herein und stand dann mit der halbnassen Krista Hansen vor seinem Haus. Das Auto war nicht da, konnte nicht da sein, weil es in der Werkstatt stand, was Joachim in der Aufregung vergessen hatte. Verlegen stammelte er eine Entschuldigung, doch Krista Hansen reagierte weiter sanft und unkompliziert: Dann werde sie sich eben ein Taxi nehmen. Aber vorher müsse sie unbedingt mal ins Bad.

Drinnen war es angenehm warm. Joachim nahm ihr die nasse Jacke ab, darunter erschien der hellblaue fusselnde Pullover. Auch die Hose war so nass, dass Frau Hansen sie nicht länger anbehalten konnte. „Ich will versuchen, einen passenden Ersatz für Ihre nassen Jeans zu finden“, sagte Joachim. Krista Hansen war alles recht, und sie verschwand im Bad. Joachim suchte. Etwa fünfzehn Hosen hingen in Thereses Kleiderschrank; aber alle waren sie zu eng, da gab es keinen Zweifel. Joachim trat vor die Badezimmertür und rief taktvoll lügend: „Nur eine Jogginghose habe ich gefunden. Ich lege sie mit einem Paar dicken Socken in mein Zimmer nebenan. Dort können Sie sich umziehen. Ich gieße uns inzwischen einen Tee auf."

Als Joachim sich in der Küche noch zu schaffen machte, trat Krista Hansen neben ihn auf grauen Wandersocken und in Thereses dunkelblauer Trainingshose und lächelte. Die Hose passte, aber auf eine irgendwie prallere Weise als ihrer früheren Eigentümerin.

Den Tee nahmen sie im Wohnzimmer und aßen Plätzchen dazu. Sie saß auf dem einen Sofa, er schräg gegenüber auf dem anderen, und bald plauderten sie wie alte Bekannte über dies und das, und Joachim war dankbar, dass sie ihm heute nicht dauernd widersprach. Im Gegenteil, sie wirkte friedlich interessiert an ihm und sagte nach einer kurzen Pause des Gesprächs: „Sie haben schöne Bilder, eines in Ihrem Zimmer unten hat mich angesprochen, ich möchte es noch einmal sehen."

Etwas Schöneres hätte sie ihm nicht sagen können. Denn von allen Gegenständen dieser Welt liebte Bock am meisten seine Bilder.
Er sammelte seit vielen Jahren, und sein Haus glich fast einer Galerie. Er strahlte wie eine Mutter bei dem Kompliment, ihre Kinder seien gut geraten. Um seinen Stolz nicht allzu unbekümmert vorzuzeigen, sagte er dann aber nur leichthin: „Ja gerne, gehen wir hinunter."

Sie standen in seinem Arbeitszimmer vor dem Bild an der rechten Wand. Es stammte wie die Collage mit Greta Garbo von dem Maler Borneff und stellte eine von der chemischen Industrie verunstaltete Landschaft dar, wie man sie zwischen Bonn und Köln betrachten kann. Darüber spannte sich ein Regenbogen in Farben, die ein Regenbogen sonst nicht hat. Das Bild war wohl das ehrlichste im Haus; es kam der Gegenwart so nahe wie sonst keines, es war schaurig schön. Krista Hansen betrachtete es schweigend, während Joachim mehr mit einem anderen Bild beschäftigt war, das an Natürlichkeit nichts zu wünschen übrig ließ. Wie sie da stand in der prallen Hose und mit dem nicht minder prallen Busen unter dem fusselnden Pullover, wirkte sie auf ihn so sinnlich, dass er sie plötzlich stark begehrte. „Das Bild gefällt mir“, sagte Frau Hansen. Und nach kurzer Pause: „Sie eigentlich auch.“ Und wie wenn sie sich damit schon etwas zu weit vorgewagt hätte, trat sie zurück, stieß auf der anderen Zimmerseite mit den Waden gegen die Liege, kam ins Stolpern und fiel rückwärts auf das Ruhelager. Joachim hatte noch versucht, sie mit dem linken Arm aufzufangen, hatte sich dabei aber so linkisch angestellt, dass er auf sie fiel. Sie lachten beide laut in die Verlegenheit, und dann sagte Joachim: „Schön, dass Sie bei mir sind.“ Er küsste sie und streichelte dabei Krista Hansens Knie und Oberschenkel durch Thereses Jogginghose.

Nur wenig später lag die Jogginghose neben anderen Kleidungsstücken vor der Liege, auf der die beiden lagen. Krista Hansens Brüste waren tatsächlich groß und wohlgeformt und etwas, woran Joachim von nun an ständig würde denken müssen. Und dennoch gelang es ihm jetzt nicht, bei ihnen länger zu verweilen. Zu groß war sein Verlangen. Wie ein Ausgehungerter fiel er über Frau Hansen her, die er künftig nur noch Krista nennen würde.

Danach lag er angenehm ermattet neben ihr unter der Kamelhaardecke und streichelte noch eine Weile mehr mechanisch ihre schönen großen Brüste. Doch sein Wohlbefinden war nur von kurzer Dauer. Denn beim Überdenken des Geschehenen wurde er sich schnell darüber klar, dass er alles falsch gemacht hatte, was falsch zu machen war. Die Gier war über ihn gekommen wie ein Schluckauf, ohne Vorankündigung und unbeherrschbar, und er hatte sich ihr hingegeben ohne Rücksicht auf Kristas weibliches Bedürfnis. Bock war von sich selbst enttäuscht und genierte sich, der ganze Vorfall war ihm peinlich. Jenseits der Wand, an der die Liege stand, befand sich das Schlafzimmer, und Joachim musste unwillkürlich an Therese denken. Er kam sich vor, als läge Therese noch nebenan im Ehebett und er hätte sie soeben hier betrogen. Dabei wurde ihm heiß.

Die Liege wurde jetzt zu eng für zwei. Er fühlte sich bedrängt. Fremd war ihm, was seine Hände da noch hielten. Die Berührung war durch keine innere Vertrautheit zu rechtfertigen. Nur äußerlich war Joachim Krista nahe, innerlich war sie ihm eine völlig fremde Frau. Sie roch auch fremd. Nie hatte Bock ein Bordell besucht; aber so etwa wie jetzt musste ein Mann sich danach fühlen.

Verlegen richtete er sich auf und begann, sich anzukleiden. Krista tat es ihm nach. Und mitten in das Schweigen hinein, das beide wie abgesprochen wahrten, hörte er sich sagen: „Ich ruf dann mal ein Taxi." Er überließ Krista sich selbst und war froh, ihr so schnell zu entkommen. Erst als es klingelte, ging er zurück zu ihr ins Zimmer. Mit kurzem Händedruck und einem verlegen gemurmelten „Bleib mir gewogen" verabschiedete er sich schon im Flur.

Als aber die Haustür ins Schloss gefallen war, kam Bock sich dann doch eng und schäbig vor.

9. So manch einem ist Brüssel nicht bekommen, zum Beispiel Krista Hansens Ehemann

Obwohl Bock an diesem Mittwoch nach Weihnachten Krista Hansen „erkannt“ hatte, wusste er kaum etwas von ihr. Nicht bekannt war ihm vor allem, dass Krista als Ehefrau dem Maximilian Hansen angehörte, der zwar zu hohem Blutdruck neigte, sonst aber noch recht munter war.

Ehemann Hansen hatte bis vor fünf Jahren im Bonner Forschungsministerium ein Referat geleitet; dann war es ihm gelungen, bei der EG in Brüssel einen Posten zu ergattern, der nach dem Proporz den Deutschen zugefallen war. Seitdem verdiente er das Doppelte und pendelte zwischen Bonn und Brüssel hin und her, am Montagmorgen hin, am Freitagnachmittag her.

Wenn er es dienstlich möglich machen konnte, und das konnte er meistens, setzte sich Maximilian Hansen am Freitag schon kurz nach Mittag in den Zug, mit dem ein Rudel von Beamten sich um diese Zeit nach Bonn befördern ließ, um sich auszuschlafen, um die Kinder und den Hund wieder einmal zu sehen, um sich dem Kegel- oder Golfklub nicht vollkommen zu entfremden, um in der Muttersprache einzukaufen für das viele Geld, das man bei der EG verdiente, und um das, was nach Jahren eines solchen Lebens von der Ehe noch vorhanden war, ein wenig wiederzubeleben. Die Fahrt war nicht angenehm, das Abteil gefüllt und der Blick aus dem Fenster nach so vielen Wiederholungen ohne jeden Reiz. Auch am Lesen wurde Maximilian zumeist gehindert, weil sich im Rudel alle kannten und immer jemand eine Unterhaltung suchte, die, selbst wenn sie einem Dritten galt, doch störte. In Köln musste zu allem Überfluss noch umgestiegen werden, weil es zwischen Bonn und Brüssel nicht einmal eine passable Zugverbindung gab.

Am Bonner Bahnhof wurde die Hälfte des Rudels am Bahnsteig schon erwartet, davon wiederum die Hälfte mit einem Küsschen begrüßt, auch Maximilian Hansen. Krista ließ es sich nicht nehmen, trotz der vielfachen Belastung als Richterin, Mutter, Tierhalterin und Haushaltsvorstand pünktlich um siebzehn Uhr zwölf am Bahnsteig zwei zu stehen und ihrem Gatten zu ersparen, auch noch eine halbe Stunde auf die Straßenbahn zu warten.

Einerseits freute es sie, wenn sie sah, dass er sich über das Wiedersehen freute. Andererseits empfand sie die Zeit von Freitag siebzehn Uhr zwölf bis Montag früh um sechs Uhr dreißig auch schon seit längerem als Rückschnitt ihrer Freiheit, so wie ein auswärts studierendes Kind die Ferien im Elternhaus nicht nur positiv erlebt, weil es sich jetzt wieder nach den Eltern richten muss.

Auch war das, was ihr Ehemann an den Wochenenden bot, nicht dazu angetan, Krista zu begeistern. Er hatte sich, es ist nicht länger zu verschweigen, in Brüssel das Cognac-Trinken angewöhnt. Gesellig war er nie gewesen, und mit diesem Tröster fielen ihm die einsamen Abende in seinem kühl möblierten Appartement in der Avenue de Foestraats leichter. Das Dumme an dieser an sich harmlosen Angewohnheit war, dass sie sich an den Wochenenden nicht mehr unterbrechen ließ. Spätestens gegen achtzehn Uhr am Freitagabend leckerte es Maximilian nach dem ersten Gläschen, und nach dem Abendessen mit Krista, Sohn Gerrit (16) und Tochter Gundula (18) war nicht mehr viel mit ihm anzufangen. Um einundzwanzig Uhr war er nach dem zehnten Glas so müde, dass er vor dem Fernseher einschlief und Krista ihn vom Lehnstuhl ins Schlafzimmer umbetten musste. Sie las dann noch im Wohnzimmer in einem der dicken Romane, die sie liebte, oder ging zu Tochter Gundula zum Plaudern, oder schrieb, wenn sie im Verzug war, noch ein Urteil in ihrem Arbeitszimmer. Das Glück der Ehe wurde von ihr nicht mehr so intensiv empfunden.

Am nächsten Morgen wachte Maximilian gewöhnlich gegen sechs verkatert auf und wurde unruhig, während Krista an seiner Seite noch fest schlief. Er holte dann die Zeitung von der Haustür und begann im Bett zu lesen. Nach dem Leitartikel ergab es sich dann hin und wieder, dass er beim Blick auf die immer noch nicht wache Gattin sich seiner ehelichen Rechte erinnerte und diese dann auch auf der Stelle geltend machte, wozu er Krista notgedrungen wecken musste. Sie war dann bei der Pflichterfüllung nicht so bei der Sache, und ehe sie rundum erwachte, war alles schon vorbei. Er las dann weiter im Lokalteil, um zu erfahren, was in seinem Wohnort, in dem er kaum noch wohnte, vor sich ging, während Krista mit einem schalen Nachgeschmack von Maximilian abgewandt auf der Seite liegen blieb und in den Garten schaute, wo ihr Blick dem Hin und Her der Meisen folgte.

Nach dem Lokalteil schlief Maximilian Hansen meistens noch einmal ein, aber nicht für lange, das wusste Krista, und deshalb blieb sie wach und warf ihrerseits einen Blick in die Zeitung, die jetzt zwischen ihnen lag. Etwa gegen sieben war Maximilian endgültig wach und hungrig auf sein Frühstück, das Krista ihm ans Bett zu bringen pflegte, weil er noch nicht ganz bei Kräften war. Im Bademantel ging sie in die Küche und kam mit dem Tablett zurück ins Bett. Ein Milchkaffee, ein Glas Mineralwasser, eine Scheibe Schwarzbrot mit Butter und Käse und drei Trockenpflaumen, das war das Frühstück des EG-Beamten Hansen.

An dem Samstagmorgen im Dezember, auf den diese Beschreibung in allen Einzelheiten passt, hatte Krista, als Maximilian wieder eingeschlummert war, zunächst die Todesanzeigen gelesen. Samstags gab es davon mehrere Seiten, und Krista liebte es, an all diesem fremden Leid Anteil zu nehmen. Sie suchte förmlich solche Texte, die einen frühen Tod anzeigten, bei dem das Leid der Hinterbliebenen besonders groß war und rührende Abschiedsworte fand. In solche Annoncen konnte

Krista sich so hineinvertiefen, dass ihr die Tränen kamen und sie sich bei leisem Schluchzen in einer Weise gehen ließ, die sie sich bei eigenen Schmerzen nie gestattet hätte. Nach wenigen Minuten waren solche Anfälle ansteckender Traurigkeit aber vorbei, und dann pflegte Krista, im Bett neben dem frühstückenden und morgens meist stummen Gatten sitzend, sich im hinteren Teil der Zeitung eine Lesekost zu suchen, die ihrer jetzt wieder optimistischen Gemütsverfassung mehr entsprach. Sie las zum Beispiel in den Geburts- und Verlobungsanzeigen; auch die seit einiger Zeit in Mode gekommenen Grußbotschaften („Ein Prosit auf mein liebes Bärchen!") gefielen ihr.

Auch an jenem Samstagmorgen im Dezember war Krista Hansen verheult in die Küche gegangen und mit dem Frühstückstablett zum verkaterten Gatten zurückgekehrt. Aber diesmal hatte sie sich nicht wie sonst den Geburts- und Verlobungsanzeigen zugewandt, sondern dem weiten Feld der Ehe- und Partnerschaftswünsche. Das war eine Rubrik, in der sie schon lange nicht mehr gelesen hatte, dem eigenen Partner Maximilian zuliebe, den es ärgerte, wenn sie sich auch nur gedanklich damit beschäftigte, dass es außer ihm noch andere Männer gab.

Heute aber war ihr das egal, und so las sie mit Vergnügen die beeindruckende Vorstellung der promovierten Persönlichkeit mit breitem Wissensspektrum und musste sich sehr zusammennehmen, um nicht laut zu lachen, wodurch Maximilian alarmiert worden wäre. Dann fiel ihr Auge auf den Text „Plötzlicher Witwer sucht Neubeginn", und während sie noch las, hatte sie diesen Mann als leibhaftige Erscheinung vor sich stehen: 175, schlank bis schmächtig, dünnes Haar, verschrecktes etwas faltiges Gesicht mit Brille. Es klang auch irgendwie nach Position im öffentlichen Dienst.

Dieser „arme Mann", wie sie ihn in Gedanken nannte, tat Krista Hansen auf der Stelle leid. Denn das war ihre andere Seite: Gepaart mit ihrem hamburgischen Hochmut hatte sie einen Hang zum Helfen, ein Herz so weit und gut wie das einer Landesmutter. Straßenmusikanten gab sie immer etwas, Bettlern dagegen in der Regel nichts, weil sie der Meinung war, wer ernsthaft suche, könne in Deutschland eine Arbeit finden und unser Sozialstaat lasse niemanden verhungern. Es war vor allem das Wörtchen „plötzlich" im Hilferuf des schmächtigen Beamten gewesen, das Krista Hansen angerührt hatte. Wie unvorhergesehen und viel zu früh musste hier der Tod hereingebrochen sein, und wie dringend musste dieser Witwer Hilfe brauchen, wenn er jetzt schon einen Neuanfang suchte, obwohl ihn der schwere Schicksalsschlag doch allem Anschein nach erst vor kurzem getroffen hatte.

Überlegend, ob und wie dem armen Manne geholfen werden könne, erwachte in ihr ein weiterer Trieb, der ihrer landesmütterlichen Herzlichkeit eng verbunden war, nämlich der Hang zu kuppeln. Nichts konnte sie tiefer befriedigen, als aus zwei einsamen Unglücklichen ein neues Glück zu schmieden. Alleinstehende Frauen auf der Suche nach einem neuen Partner kannte sie genug in ihrem Freundeskreis und im Juristinnenbund. Sigrid zum Beispiel, die von ihrem Mann gerade verlassen worden war und sich mit ihrer Tochter nur mühsam zurechtfand in der neuen Lage. Oder Inge, schon seit drei Jahren geschieden, weil ihr Mann sie immer wieder betrogen hatte. Dann war da auch noch Betty, die gerade wieder einmal Pech gehabt hatte mit ihrem letzten Freund. Und schließlich Marga, ebenfalls zur Zeit allein, weil ihr letzter Mann sie so gelangweilt hatte, dass sie eine Auszeit zur Erholung brauchte.

Sollte aus dem Kuppeln etwas werden, konnte man natürlich nicht ohne Augenmaß zu Werke gehen. Die Partner mussten so weit zueinander passen, dass nicht schon Immunreaktionen gleich am Anfang eine Vereinigung verhinderten. Marga wäre dem armen Mann bestimmt zu anstrengend. Auch Sigrid und Inge waren dem leidgeprüften Witwer zumindest im Augenblick nicht zuzumuten. Blieb eigentlich nur Betty übrig, ein bisschen altjüngferlich und verschroben zwar, aber genügsam, selbstlos und auf bescheidene Weise vergnügt. Die konnte auch gut zuhören, war einfühlsam und litt nicht an der allgemeinen Sucht, in einem fort zu reden.

Glücklich über die in ihrem Kopf bereits erfolgreich angebahnte Kuppelei stand Krista Hansen unter der Dusche und genoss lange das heiße Wasser und auch den kurzen kalten Guss danach, dem kurz darauf ein weiterer folgte, als sie zum Anziehen zurück zu Maximilian ging und dieser unfreundliche Flüche über sie ergoss, weil sie ihm die Zeitungsseiten völlig ungeordnet hinterlassen hatte. Krista ging darauf nicht ein. Seit über zwanzig Ehejahren brachte sie die Zeitung beim Lesen durcheinander, und warum sollte sie sich jetzt noch ändern, wo es Maximilian doch nur noch einmal in der Woche traf.

Angezogen ging sie in die Küche, wo sie das Frühstück für sich und die Kinder richtete. Gundula, noch verschlafen und im Schlafanzug, setzte sich zu ihr an den Tisch und hörte voller Anteilnahme von der plötzlichen Not des schmächtigen Brillenträgers, von den Hilfserwägungen ihrer Mutter und von der Auswahl Bettys. Da die Tochter zur Zeit in einer Phase besten Einvernehmens mit der Mutter war, die sie insgeheim bewunderte, sah auch Gundula in Betty die einzig richtige Wahl. Zusammen überlegten sie, wie so etwas am besten einzufädeln wäre. Betty war zu schüchtern, um auf die Anzeige zu antworten, das war klar. „Und wenn Du ihm schriebst und Dich mit ihm treffen würdest?" schlug Gundula vor. „Dann könntest Du ihn prüfen und bei Gefallen mit ihm überlegen, wie er Betty kennenlernen könnte." Ein solcher Plan entsprach voll und ganz Kristas Neigung zu seltsam abenteuerlichen Unternehmungen; und ihre dienstliche Telefonnummer hatte sie nur deshalb angegeben, um die Aktion vor Maximilian geheimzuhalten, der so etwas nie verstanden hätte.

Als Krista Hansen dann eineinhalb Wochen später im Bistro Miebach Joachim Bock tatsächlich gegenübersaß, war sie eigentlich nur davon überrascht, dass er nicht 1,75, sondern gut 1,80 maß. Umso besser für Betty, dachte sie. Sonst aber stimmte alles: Sein Gesicht wirkte besorgt, die hohe Stirn war mit Querfalten plissiert, und die Brille mit dem goldfarbenen Gestell war etwas aus der Mode. Sonst war fast alles an dem Mann grau, das Haar, die Tweedjacke und die Flanellhose. Nur die Krawatte wagte ein paar Farben auf dem dunkelblauen Untergrund. Es war eine klassische Krawatte aus dem Vereinigten Königreich in Richtung British Merchant Navy; so etwas tragen, dachte Krista, nur hamburgische Kaufleute und Juristen, und ein hamburgischer Kaufmann war dieser Mann auf keinen Fall. Also ein Jurist, und der würde ganz gut zu Betty passen, zuhören kann sie ja.

Krista Hansen selbst konnte das entschieden weniger. Joachim Bock hatte sie mit fast allem, was er sagte, zum Widerspruch gereizt. Und weil sie das Ganze wie ein Vorstellungsgespräch betrachtet hatte, bei dem sie den Posten zu vergeben hatte, war sie nicht so zahm gewesen, wie ihr Gegenüber es wohl erwartet hatte. Am Ende war ihr über den Disputen der eigentliche Kuppel-Zweck ihres Bistrobesuchs ganz aus dem Blick geraten. Später ärgerte sie sich darüber, dann amüsierte sie aber zunehmend der Gedanke, dass Bock annehmen musste, sie selber suche einen Partner, weshalb es also jetzt an ihm sei, um sie zu werben oder es zu lassen.

Als Bock sich auch nach einer Woche noch nicht gemeldet hatte, stellte sie an sich eine überraschende Veränderung fest: Sie ärgerte sich. Sie hielt sich für so attraktiv, dass so jemand wie Bock ihr keinen Korb zu geben, sondern gefälligst wieder anzurufen hatte. Es war unglaublich, dass er das nicht tat. Gewiss, sie hatte sich bei ihrer Unterhaltung nicht sehr liebenswürdig dargestellt. Aber das war kein Grund, sie abzulehnen. Wenn hier einer einen für zu leicht befinden durfte, dann war das sie, nicht er.

Diese Mischung aus verletzter Eitelkeit und Interesse war es wohl, die sie veranlasst hatte, am Mittwoch nach Weihnachten an Bocks Haus vorbeizufahren, um zu sehen, wo er wohnte. Und als sie sein unscheinbares Reihenhaus sah, spürte sie an ihrem Herzschlag eine Erregung, als hätte sie etwas Verbotenes getan. Sie konzentrierte sich darauf, nicht rot zu werden, was ihr aber nicht ganz gelang. Um sich abzuregen, beschloss sie, einen Spaziergang durch den nahen Wald zu machen. Ihr Auto parkte sie in der nächsten Straße, was sie Joachim Bock natürlich verschwieg. Sie hätte es ihm nicht erklären können.

Was wenig später in Joachims Haus geschehen war, konnte sie nicht mal sich selbst erklären. Zunächst bestritt sie vor sich selbst sogar, dass überhaupt etwas geschehen war. Denn das, was da passiert war, passte nicht zu ihr. Es war unstatthaft. Nicht Maximilians und der Kinder wegen, sondern im Hinblick auf das Bild, das sie von sich selbst hatte. Mit Stil und Ordnung ihres Lebens war das Geschehene unvereinbar, und so erschien es ihr als nicht real.

Unstatthaft war es gewesen, aber nicht unangenehm. Unangenehm und unverständlich war nur Bocks Benehmen danach. Darüber war Krista Hansen verwirrt und so traurig, dass ihr fast die Tränen kamen, als sie im Taxi saß und sich auf einigen Umwegen zu ihrem Auto in der Nachbarstraße fahren ließ.

10. Gegen die Diskriminierung der Birnen sollte man etwas unternehmen, und für die körperliche Liebe sollte statt Ficken ein schöneres Wort erfunden werden

Am Samstag danach ging es um Äpfel und Birnen. Die Präsidentin Anneliese Bauer hatte Bock am Freitagabend um halb zehn – sie rief immer abends um halb zehn an – informiert, dass bei dem milden Wetter schon jetzt mit dem Pflanzen angefangen werden könne. Zwanzig Apfel- und Birnbäumchen warteten auf Daniela Niederhausens Anhänger auch auf Bock, und am anderen Morgen stand dieser mit seinem Spaten und der Rosenschere auf der Wiese in Werthhoven.

Nichts hätte er an diesem Morgen lieber getan als mitzumachen beim Pflanzen der neuen Streuobstwiese. Alle bekannten Gesichter waren schon da, die beiden Damen vom Präsidium, Hans Bösert mit den Hunden, Frau Dr. Wenckebach, die in Steppkleidung noch bodenständiger wirkte als im Sommer, die sensible Studentin und der Motorradfahrer, außerdem ein neues Ehepaar, er untersetzt mit Bart und ruhigem Gehabe, sie kurz geschoren, drahtig und nervös. Ein kleines Feuer brannte schon aus Abfällen vom Baumschnitt aus dem vorigen Jahr. Daran hantierten begeistert Daniela Niederhausens Kinder, der Knabe Max, etwas feist, mit dicken Backen wie der Suppenkaspar, bevor er sich das Essen abgewöhnte, und seine kleine Schwester Melanie, nicht ganz so kräftig wie der Bruder.

Während die Präsidentin allen Streuobstfreunden stolz ihren neuen Spaten zeigte, den ihr Joachim zu Weihnachten geschenkt hatte, die grüne Schleife war noch umgebunden, setzte die Vizepräsidentin zu einer kleinen Einführung in die heutige Arbeit an. Sie und Hans Bösert hatten die Pflanzstellen bereits markiert. Der Abstand sei bei Hochstämmen wenigstens zehn Meter, damit die Zweige sich später nicht von Baum zu

Baum berührten und nicht zu viel Schatten auf der Wiese liege, die Äste würden kräftig zurückgeschnitten.

Um den Pflanzschnitt zu erläutern, hob Daniela Niederhausen das nächstgelegene Bäumchen auf. „Das ist eine Sternrenette. Sie wird einmal schöne, rundum rote Früchte tragen mit kleinen hellen Punkten, Weihnachtsäpfel wie in alten Bilderbüchern. Aber bis dahin wird es noch ein paar Jahre dauern. Bei diesem Winzling hier seht Ihr die für die Renette typischen, anfangs dünntriebigen Leitäste, etwas zu steil aufrecht. Die müssen wir abspreizen. Für die Neuen erkläre ich noch einmal kurz, worauf es beim Pflanzschnitt ankommt: Der ideale Apfelbaum hat eine Spitze in der Mitte und drei oder vier Leitäste rundherum, nicht mehr. Was so aus den Baumschulen kommt, ist fast alles nicht in Ordnung. Zu viele Äste oder alle auf einer Seite oder die Spitze abgebrochen. Das müssen wir beim Pflanzschnitt korrigieren. Hier zum Beispiel haben wir sieben Äste, die mit der Spitze konkurrieren. Drei oder noch besser vier müssen bis auf den Astring ohne jeden Stumpen weg", fuhr sie fort, während sie schon schnitt und das unterste Ästchen zu Boden fiel. „Dann alles kräftig einkürzen. Denn Ihr müsst bedenken, dass die in der Baumschule bis zu neunzig Prozent von den Wurzeln abgerissen haben. Wurzeln und Astwerk brauchen ein ausgeglichenes Verhältnis zueinander. Das ist wie auf einer Wippschaukel für Kinder. Weniger Wurzeln unten bedeutet Rückschnitt oben, damit die gekappten Wurzeln bei der Versorgung der Äste nicht überfordert werden."

„Un maat de Löscher net esu deep!" warf Hans Bösert ein, der endlich anfangen wollte. Denn er hatte wieder einmal die meiste Arbeit heute: Zäune um die Bäumchen setzen, damit die Rinder sie nicht fressen würden.

Ja, griff die Vizepräsidentin den Zwischenruf auf, der häufigste Fehler beim Bäumepflanzen sei der, die Pflanzlöcher zu tief zu graben. In fast allen Gartenbüchern stehe geschrieben, das Pflanzloch solle reichlich groß gegraben werden, und das sei falsch. Den ohnehin schon kleinen Wurzeln, die vor dem Pflanzen noch einmal angeschnitten würden, müsse das Erdloch angepasst werden wie ein Schuh dem Fuß. Vor allem müsse der Baum mit seinen Wurzeln fest auf dem Boden des Loches stehen. Die Veredelungsstelle unten am Stamm müsse nach dem Pflanzen gut einen Daumen breit über die Erde herausragen. Wenn aber das Pflanzloch zu tief sei und die Wurzeln nicht auf festem Lehmboden stünden, sacke der Baum beim ersten Regen in den lockeren Boden und die Veredelungsstelle verschwinde im Erdreich.

„De Böömscher dörfe net versuffe, söns jonn se kapott!" schloss jetzt Hans Bösert Daniela Niederhausens Vortrag kurzerhand und gab damit den Startbefehl zum praktischen Teil, dem sich alle fügten, auch die Vizepräsidentin, die gerne redete und ohne Hans Böserts rheinisches Machtwort bestimmt noch eine halbe Stunde Seminar gehalten hätte.

Joachim pflanzte zusammen mit Anneliese Bauer, die ihrem neuen Spaten auch noch beim Graben die breite grüne Schleife ließ. In zwei Stunden schafften sie drei Äpfel und eine Birne, einen Großen Rheinischen Bohnapfel, einen Winterrambouhr, einen Kaiser Wilhelm und eine Pastorenbirne. Die Namen standen auf den Streifen, die sich wie Bauchbinden oben um die Stämmchen schmiegten. Die Präsidentin überließ Bock den Pflanzschnitt, was dieser als große Ehre ansah, weil er darin natürlich weniger geübt war als sie. So recht genießen konnte er diesen Morgen freilich nicht. Er litt unter dem Lärm, den Hans Bösert mit der Maschine machte, die wie ein Riesenkorkenzieher die Löcher für die Pfähle der Schutzzäune bohrte und dabei knatterte wie ein Vollgas fahrendes Motorrad.

Während Anneliese Bauer die Löcher grub und Joachim mit einem Vorschlaghammer die dünnen Pfähle einschlug, an die der Stamm mit Hanf gebunden wurde, damit er für das erste wurzelarme Jahr einen Halt bekam, erzählte die Präsidentin vom Weihnachtsmarkt in Fritzdorf. Der Apfelsaft habe sich gut verkauft, der Birnensaft dagegen schlecht; dabei habe der Verein noch jede Menge Birnensaft und kaum noch Apfelsaft. Die alten Apfelbäume, die fast alle alternieren, also nur alle zwei Jahre Früchte tragen, hatten im vorigen Jahr so gut wie nichts hervorgebracht.

Frau Bauers Bericht machte Joachim wieder einmal die Diskriminierung der Birnen bewusst. In allen deutschen Lebensmittelläden gibt es immer Äpfel, dachte er, meistens sogar mehrere Sorten, aber nur selten Birnen. Auch hier in den Obstwiesen kommen auf zehn Apfelbäume allenfalls zwei Birnen. Ob es vielleicht daran liegt, dass die Birne weiblich und der Apfel männlich ist, so dass es sich womöglich um einen Unterfall der Frauenfrage handelt? Er würde Krista Hansen darauf ansprechen.

Bei seiner Großmutter, einer Belgierin, waren die Birnen jedenfalls schon voll emanzipiert gewesen. In ihrem Garten hatten sie sogar die Oberhand gehabt, zwei Münsterbirnen, sehr hoch und ideale Kletterbäume für die Kinder. Ein dritter Baum trug große harte Früchte, die erst nach Lagerung vor Weihnachten weich und saftig wurden, ein vierter schöne kleine weiche zum Genuss von der Hand in den Mund. Eingekochte Birnen im eigenen Saft hatte es bei der belgischen Großmutter im Winter jeden zweiten Tag gegeben, und dieses Birnendessert hatte Joachim jedes Mal so gut geschmeckt, dass das Apfelkompott dagegen nicht angekommen war.

Später hatte er es seiner Großmutter nachgetan. Auch in seinem kleinen Garten standen zwei Birnen und nur ein Apfelbaum, nur dass er mit den beiden Birnbäumen hatte kein Glück hatte. Sie blühten immer prächtig, trugen aber nicht. In den ersten Jahren hatte er befürchtet, die beiden Sorten passten nicht zusammen. Die Birnen befruchten sich ja gegenseitig; aber auch bei den Pflanzen harmoniert nicht jede mit jeder. Bock hatte ihre Sterilität schon seiner eigenen Unachtsamkeit zugeschrieben und sich fast damit abgefunden, da trugen beide Bäumchen eines Frühjahrs plötzlich Früchte. Hunderte winzige Birnchen waren nach der Blüte unversehens da, und er freute sich wie ein Mann, dessen Frau nach jahrelangen vergeblichen Versuchen endlich doch noch ein Kind empfangen hatte. Aber seine Freude dauerte nicht lange. Schon nach drei Wochen lagen die meisten dieser Früchtchen am Boden. Er versuchte, sich mit der Erklärung zu trösten, die Bäume hätten sinnvoller weise die Überzahl einfach abgeworfen, und konzentrierte seine Freude auf die verbliebenen Früchte, etwa fünfzig an der Zahl, die weiter wuchsen und gediehen. Doch dann im Juli, als sie schon so groß wie dicke Wasserpflaumen waren, der nächste Schock: Täglich fand er vier bis fünf am Boden liegen, Ende Juli hingen an den beiden Bäumen nur noch fünf Birnen, und die fielen im August alle ab, nachdem sie hässliche graue Flecken bekommen hatten. Bock hatte sich nach einigem Hadern mit der Unergiebigkeit seiner Birnen abgefunden. Er liebte sie so, wie sie waren, schön, aber unfruchtbar.

Als Frau Dr. Wenckebach zur Pause und zu ihren Honigbroten rief, versammelten sich alle beim Feuer, das jetzt auf breitem rotglühenden Sockel alles, was die Kinder ihm zu fressen gaben, hoch entflammen ließ und den Platz rundum angenehm erwärmte. Am wärmsten war es naturgemäß an der Seite, zu der hin sich der leichte Wind bewegte. Dorthin wurde aber leider auch der Rauch geweht. Nur Hans Bösert störte das nicht. Er holte sich eine Matte aus dem Toyota, aus dem auch gleich laut kläffend die beiden kleinen Ungeheuer sprangen, und setzte sich genau dort hin, wo es am meisten qualmte, aber eben auch am wärmsten war. Arbeit im Freien war für ihn nicht eine Ablenkung am Wochenende, sondern der Hauptberuf. Er nahm auch keines von den obligaten Honigbroten, sondern holte aus einer verschossenen mattgrünen Tasche aus Segeltuch seine Thermosflasche und eine länglich flache Büchse mit Hering in Tomatensauce. Die Sauce goss er hinter sich ins Gras, den Hering bugsierte er Stück für Stück mit seiner Gärtnerhippe in seinen Mund. Joachim sah ihm etwas neidisch zu. Auch er hatte plötzlich viel mehr Lust auf Hering als auf Honigbrote. Aber aus der Reihe zu tanzen, war nicht seine Art.

Daniela Niederhausens Kinder hatten Hans Bösert zunächst schweigend zugeschaut, ja zugegafft. Als dann aber das blanke Messer mehrmals zwischen Büchse und Mund hin und her gewandert war, hielt es den Jungen nicht mehr, und mit lauter, etwas vorwurfsvoller Stimme fragte er mitten in das Mampfen hinein: „Was isst Du denn da?“ – „Duude Fesch.“ – „Was für Fisch?“ – „Ruude, duude Fesch!“ Hans Bösert lachte selbst am lautesten über seinen Scherz, und alle anderen lachten mit, nur der kleine Max wusste nicht so recht, ob er mitlachen oder sich ärgern sollte.

Als Joachim Bock in seinem Auto wohlig verschwitzt nach Hause fuhr, musste er dauernd an Krista Hansens schöne Brüste denken, und sofort hatte er große Lust, das mit ihr zu tun, was am vergangenen Mittwoch zwischen ihnen vorgefallen war und für das es, wie ihm in diesem Augenblick wieder einmal schmerzlich bewusst wurde, kein passables Wort gab. Diese Armut der Sprache auf einem Felde, das allzeit und allseits so intensiv beackert wurde, gerade auch in der Literatur, verwunderte und ärgerte ihn seit langem.

Schon die sonst so sprachgewaltige Bibel versagte kläglich. „Und Adam erkannte sein Weib Eva“, hieß es in der Genesis. Als ob man beim Geschlechtsverkehr jemanden erkennen könnte. Eine gemeinsame Reise nach Paris (oder Jerusalem) eignete sich dazu viel eher. Dabei hätte es gerade die Bibel besser wissen müssen, hatte doch Jakob in der Hochzeitsnacht nicht einmal erkannt, dass er mit der triefäugigen Lea schlief statt mit der geliebten Rahel. ‚Miteinander schlafen‘ war auch so ein unpassender Begriff, ging es hier doch zu allerletzt um Schlaf, sondern um die höchste Form des Wachseins, wie sich bestimmt durch Messungen belegen ließe.

Als Joachim vor vielen Jahren in Köln am Landgericht in Scheidungen verhandelt hatte, war aus Gründen, die ihm längst entfallen waren, stets die erste Frage an das streitende Paar gewesen: „Wann war Ihr letzter ehelicher Verkehr?" So mancher biedere Arbeitsmann hatte mit dieser Formulierung beim besten Willen nichts anfangen können und den Richter Bock nur hilflos angestarrt. Joachim nahm sich vor, Krista Hansen zu fragen, ob diese idiotische Frage auch bei den heutigen Familiengerichten noch üblich sei. Dann schweiften seine Gedanken zurück zur sexuellen Sprachlosigkeit in der deutschen Literatur.

Thomas Mann zum Beispiel war doch um Worte wirklich nicht verlegen, aber seine ‚Betrogene' ließ er über ihre Ehe mit Robert von Tümmler denken: „Wir pflegten der Wollust auf sein Begehren." Und diese Stelze hatte der große Thomas – Joachim hatte es bei der Lektüre damals gleich bemerkt – sogar in der Bibel abgeschrieben, dort, wo Sarah ungläubig darüber lachen muss, dass sie mit neunzig Jahren noch einen Sohn empfangen sollte.

Auch bei seinem Kölner Landsmann Böll hatte Bock kein passendes Wort für das gefunden, wonach ihm auf der Heimfahrt nach Godesberg immer mehr der Sinn stand. Ehrlich und uneitel, wie der gute Heinrich nun einmal war, hatte Böll die Suche nach einem passenden Begriff gar nicht erst begonnen und in einem Buch der frühen Jahre „die Sache, die Mann und Frau miteinander tun" einfach so stehen lassen.

Da stand sie nun immer noch, und wie sollte es ausgerechnet dem armen Juristen Joachim Bock, Ministerialrat im Bundesministerium für Wirtschaft, gelingen, für das, was er in diesem Augenblick mit Krista Hansen gern getan hätte und was offenbar nicht nur physisch-psychisch, sondern auch literarisch-linguistisch zu den heikelsten Problemen unseres Daseins gehörte, eine annehmbare Redewendung finden? In Gedanken, das musste er sich eingestehen, hatte er zuweilen, wenn die Lust ihn überkam, „ficken" nicht verschmäht. Er war sich dann aber doch etwas ordinär vorgekommen, und zum Aussprechen eignete sich so ein Wort auf keinen Fall. Mochte schon sein, dass es mit dem englisch-amerikanischen „fuck" nicht so schlimm war. In einem Feuilleton hatte er gelesen, in Amerika sei das Verb „to fuck" nicht gar so unaussprechlich. Aber er traute dieser Analyse nicht so ganz. Er erinnerte sich an eine Reise durch Jordanien, wo er dem unschönen Wort bis zum Überdruss begegnet war. Die Palästinenser hatten, wenn sie den König erwähnten, immer nur vom „fucking King Hussein" gesprochen und durch die Begleitgeste des Kehleabschneidens sehr deutlich werden lassen, dass nichts Angenehmes damit gemeint war.

Blieb noch die rheinische Mundart, die normalerweise für alles Menschliche ein passendes Wort zur Verfügung stellte. Doch hier versagte selbst sie. Das Wort ‚poppen' war nicht einmal in der unteren Mittelschicht akzeptiert, für einen Bonner Akademiker war es unaussprechlich. Trotzdem, als Joachim jetzt an der Nesselburg vor einem Gemüsestand in der Schlange wartete, ließ ihn das rheinische Unwort doch an etwas sehr Positives denken. Er erinnerte sich an die Kölner Scheunenbälle.

Die Scheune, das war ein altes Ballhaus im Vorort Niehl gewesen, in dem es bis in die sechziger Jahre Karnevalsbälle gegeben hatte, die sich von allen anderen Kölner Bällen gründlich unterschieden. Befreiungsorgien waren es, mit einer Antihymne, dem Scheunenlied, das die Ballbesucher in den Tanzpausen ständig miteinander grölten. Den Text hatte er weitgend vergessen, nur drei Verszeilen waren ihm in Erinnerung geblieben:

Am Mettwoch weed jedresse medden op d'r Desch!
Am Donnersdach weed die Aal jepoppt!
Am Friedach jitt et Fesch!

Wenn es dann nach Mitternacht mit dem Singen nicht mehr so recht klappen wollte, legten sich alle umschlungen auf den Dielenboden und schrieen aus – in jedem Wortsinne – vollem Hals: „Aal Säu! Aal Säu!", bis die Kapelle wieder spielte.

Was Joachim heute in nostalgischer Verklärung als soziale Komponente der Scheunenbälle erschien, mag in Wirklichkeit eine Frühform modernen Gastronomie-Marketings gewesen sein: In der Scheune konnte sich jeder auch ohne Geld besaufen, vorausgesetzt, er war bereits genug besoffen. Der Wirt füllte immer einen uralten Nachttopf aus Emaille, der schon ein paar abgestoßene Stellen hatte, bis zum Rand mit Bier. Dann ging das Gefäß von Mund zu Mund. Während der Tänze stand es allein auf dem Klavier herum, und wem es danach war, der konnte sich an dieser gegen den Rostfleck im Bauch des Topfes schwappenden Mischung aus Bier, Sabber und Barthaaren bedienen.

Joachim, der als Student mit knapper Kasse an zwei Scheunenbällen teilgenommen hatte, war an dieser Mutprobe zweimal gescheitert. Als er das Nachtgeschirr so vor der Nase hatte, würgte es ihn so, dass er befürchten musste, die ekelige Mischung mit seinem Mageninhalt anzureichern.

Mit den Scheunenbällen hatte Köln die 68er Studenten-Revolte quasi vorweggenommen. Die Leute im Niehler Ballhaus hatten in Gedanken und in Worten bereits auf den Tisch geschissen, vom Mief der 50er Jahre hatten sie sich, „Aal Säu! Aal Säu!", freigeschrieen.

An Franz Gronarz, den Mitveranstalter der Bälle, hatte Joachim eine höchstpersönliche, jedoch nicht allzu angenehme Erinnerung. Joachims Vater hatte, als er nach der Kriegsgefangenschaft in Köln eine Anstellung, aber noch keine Wohnung für die Familie gefunden hatte, bei Gronarz drei Jahre lang zur Untermiete gewohnt, und die beiden waren bei vielen Gläsern Kölsch Freunde geworden. Gronarz hatte im Krieg das rechte Bein verloren; ein sehr kurzer Stumpf war ihm verblieben, an dem sich die Prothese nur schwer und nur mit mehreren Lederriemen befestigen ließ.

Als die Familie Bock dann endlich eine Wohnung gefunden hatte, wurde Franz Gronarz von seinem ehemaligen Untermieter und Saufkumpan zu einem Dämmerschoppen eingeladen. Das dehnte sich, und die beiden Freunde tranken wieder einmal viel. Joachim saß dabei. Um elf erhob sich Gronarz schwerfällig aus dem Sessel, er musste pinkeln. Er fluchte; offenbar saß die Prothese wieder einmal nicht so richtig. „Jungchen, komm mal mit!“ befahl er Joachim, der widerwillig mit ins Badezimmer ging. Franz Gronarz stellte sich vor der WC-Schüssel auf, mit der rechten Hand auf Joachim gestützt und mit der linken pinkelnd. Mittendrin schrie er plötzlich: „Jungchen, übernimm Du mal!“, und drückte Joachim seinen urinierenden Schwanz in die Hand, während er selber mit der Linken das Holzbein einzufangen suchte, das seiner Halterung jetzt offenbar ganz entglitten war. Joachim war schockiert, tat aber sein Bestes, um trotz der heftigen Bewegungen des kräftig weiterstrahlenden Gronarz das Becken nicht zu verfehlen, was ihm nicht ganz gelang.

11. Hommage an Friedrich den Großen und an Birgit Breuel

Als Bock am Montag wie immer gegen acht Uhr dreißig, also eine halbe Stunde nach Beginn der offiziellen Dienstzeit, ins Büro kam, empfing ihn seine Sekretärin mit den Worten: „Der Chef wartet schon auf Sie." Werner Stimpel war – im krassen Gegensatz zu fast allen seinen Kollegen auf der sogenannten Leitungsebene – immer pünktlich im Dienst. Anders als zu seiner Zeit beim Staatssekretär hatte dies aber neuerdings private Gründe: Er musste die beiden Töchter aus Olga Müllers geschiedener Ehe vor acht Uhr zur Schule bringen.

Kaum, dass Bock seinen Mantel ausgezogen hatte, kam Stimpel schon in sein Zimmer, offenbar hatte er etwas auf dem Herzen. „Der Minister", begann er, „muss nächsten Monat eine Rede halten vor Diplomaten zur EXPO 2000. Birgit Breuel hat ihn darum gebeten, und der Staatssekretär hat mich gebeten, Dich zu bitten, dass Du die Rede schreibst." Joachim war über dieses Ansinnen verärgert und froh zugleich. Verärgert, weil ein solcher Auftrag mit Arbeit verbunden war und er doch schon alle Hände voll zu tun hatte mit der Kartellnovelle. Andererseits schmeichelte es ihm, dass der Minister wieder einmal ihn als Redenschreiber haben wollte, obwohl er für die EXPO 2000 gar nicht zuständig war, sondern die Abteilung II, und die F.D.P-Hausleitung ihn bisher nicht gerade so behandelt hatte, dass sie Gefälligkeiten von ihm erwarten konnte, im Gegenteil. Aber Bock winkte nicht gleich ab, er wusste sogar von Anfang an, dass er es machen würde, wider die Vernunft, einfach weil er gerne Reden schrieb.

Gute Reden hatten ihn schon in seiner Schulzeit fasziniert. Die Rede des Marc Anton aus Shakespeares ‚Julius Caesar' konnte er noch heute in weiten Teilen im Original aufsagen: „I come to bury Ceasar, not to praise him." Auch Ciceros Reden. Sie hatten Joachim den Lateinunterricht einigermaßen erträglich gemacht. Und was war eigentlich von J. F. Kennedy in der Erinnerung geblieben als einige Pikanterien und seine intelligenten Reden. Auch wenn der Einfall, 1961 nach dem Mauerbau in Berlin zu sagen „Ich bin ein Berliner", sicher nicht von ihm stammte, sondern von seinem genialen Redenschreiber.

Reden zu schreiben, war für Bock eine nahezu göttliche Tätigkeit, zumindest eine halbgöttliche. Der Schreiber legte Würdenträgern seine Worte in den Mund, ließ sie seine Gedanken äußern und verbreiten, konnte intellektuelle Strippen ziehen und seine Oberen aus seiner Studierstube heraus programmieren und loslegen lassen. Je hilfloser diese Oberen waren – und die meisten waren rhetorisch hilflos-, umso einflussreicher waren die Redenschreiber.

Nun war Bock freilich nie offizieller Redenschreiber gewesen, er hatte es nur zum Aushilfsredenschreiber gebracht, und auch das nur durch einen Zufall. Vor etwa fünfzehn Jahren hatte ihm ein persönlicher Referent geklagt, er müsse für den Minister eine Rede zum Jubiläum einer alten Stadt in Franken schreiben, und weil die Stadt um eine Burg gebaut sei, laute das Thema: „Was können wir von den Raubrittern lernen?" Dem Referenten war dazu nichts eingefallen, und Bock hatte ihm angeboten, wenn er drei Wochen Zeit bekäme und durch die Lande reisen dürfe, schreibe er etwas. Er hatte es geschafft, seitdem galt er im Ministerium als Nothelfer für ausgefallene Reden zu Fragen, die keiner mehr stellte.

Inzwischen gingen Bock aber die Geistesblitze nicht mehr so von der Hand wie vor fünfzehn Jahren. Zudem war die EXPO 2000 ein Thema, das ihm auf Anhieb unsympathisch war. Er hielt diese Monsterschau für einen ausgemachten Unsinn, überflüssig wie ein Kropf in einer Multimedienzeit, in der die ganze Welt zu einer permanenten, penetranten Ausstellung geworden war. Das Spektakel würde zudem viel Geld kosten, vor allem Geld des Bundes, mit dessen Hilfe der Ministerpräsident von Niedersachsen groß herauszukommen dachte. Dennoch sagte Joachim zu. Seine Schwäche fürs Redenschreiben war stärker als alle Bedenken. Stimpel war erleichtert, er konnte dem Staatssekretär Erfolgsmeldung erstatten und zudem zeigen, dass er Führungsstärke hatte.

Als Werner Stimpel weg war, wurde Bock noch ein weiterer Grund bewusst, warum er zugesagt hatte. Veranstalterin der Konferenz, auf der sein Minister reden sollte, war die Generalkommissarin der EXPO 2000, Frau Breuel, und Bock mochte Birgit Breuel. Diese Zuneigung war im Laufe der Jahre ganz allmählich in mehreren Begegnungen gewachsen. Zum ersten Mal hatte er sie gesehen, als sie noch Ministerin in Niedersachsen gewesen war, bei einer Podiumsdiskussion in Bonn mit der Gewerkschaftsvorsitzenden Wulf-Mathies. Frau Breuel hatte vornehm und norddeutsch kühl links neben dem Moderator gesessen, Frau Wulf-Mathies rechts, robust, kraftstrotzend und angriffslustig. Wie ein Stier in der Arena war Monika Wulf-Mathies immer wieder gegen Birgit Breuel angerannt, die Emotionen ihrer vielen Anhänger im Saal zum Sieden bringend und Frau Breuel beschimpfend als die böse Frau aus dem alten Manchester, die in die Neuzeit nicht mehr passe und sich schämen müsse. Birgit Breuel war dem Stier elegant wie ein Torero ausgewichen, und immer wenn der Stier allzu wild geworden war, hatte sie ihn durch eine geschickte Bewegung der Capa gegen die Arena-Wand laufen lassen. Bock war davon angetan, und weil Frau Breuel allein gegen alle im Saale stand, hatte seine Ritterlichkeit ihn zu ihr hingezogen.

Seine zweite Begegnung mit Birgit Breuel hatte im Wirtschaftsausschuss des Bundestages stattgefunden, als Frau Breuel Chefin der Treuhandanstalt gewesen war. Sie hatte dem Ausschuss über die Privatisierung der DDR-Wirtschaft berichtet; er hatte auf der Beamtenbank gesessen, auf einen späteren Punkt der Tagesordnung gewartet und zugehört. Wieder war sie kompetent und überzeugend und dazu noch elegant gekleidet, blauer Blazer, grauer Flanellrock, schwarze Lackschuhe. Ihr Bericht wurde von der Opposition heftig angegriffen, und wieder lag ein Hauch von Stierkampf in der Luft, diesmal mehrere Stiere gegen eine Matadorin. Joachim fand es ungehörig, wie die Opposition versuchte, Birgit Breuel, die sich da im Osten als Trümmerfrau betätigte, als Schurkin hinzustellen.

Er hatte Birgit Breuel damals auf zwei Ebenen beobachtet: über der Tischplatte, wo sie überzeugend ihre Worte setzte, und darunter, wo ihre Beine, diszipliniert geschlossen, den Blicken aller preisgegeben waren neben den breiten Hosenbeinen des Ausschussvorsitzenden Friedhelm Ost, die sich ständig hin und her gelümmelt hatten. Nach einer Stunde hatte Bock den Eindruck, die Unterschenkel Birgit Breuels seien etwas angeschwollen, und ein starkes Mitgefühl verband ihn jetzt mit ihren erschöpften Waden. Seitdem war er ein heimlicher Verehrer Birgit Breuels. Es war eine Art von Minne zu einer Hohen Frau, der Bock treu ergeben war, ohne dass sie etwas davon wusste.

Inzwischen war es kurz vor zehn und damit eine Zeit, zu der auch die Justiz mit dem Richten angefangen haben könnte, dachte Joachim. Jetzt könnte er versuchen, Krista Hansen zu erreichen und für übermorgen zum Tee und zu noch Schönerem einzuladen. Er hatte sie sogleich am Apparat. Aber es war ziemlich amtlich, wie sie sprach; offenbar war sie nicht allein im Zimmer. So machte Joachim es kürzer, als er es sich vorgenommen hatte, und fragte nur, ob er „Euer Ehren“ für Mittwoch siebzehn Uhr zum Tee einladen dürfe. „Ja gerne“, kam die Antwort freundlich, aber immer noch die Amtlichkeit nicht ganz abstreifend. Sie sei im Augenblick beschäftigt, und das könne auch noch bis zum Nachmittag andauern. „Macht nichts“, sagte Joachim, „ich störe Sie nicht länger und freue mich auf Mittwoch.“ Erst als das Gespräch beendet war, bemerkte er, dass er beim Sie geblieben war, und das ärgerte ihn sehr.

Nach kurzer Pause, in der er in seinem Büro auf und ab ging, um die Nerven zu beruhigen, las Bock in den Unterlagen, die Stimpel ihm zurückgelassen hatte, Birgit Breuels Brief an den Minister. Sie bat um eine Ansprache bei einer Konferenz im Reichstag, zu der sie alle in Deutschland akkreditierten Botschafter eingeladen hatte, um für die Teilnahme ihrer Länder an der Weltausstellung zu werben. „Das trifft sich gut", dachte Bock, „der Minister ist Parteichef in Berlin, und im März wird in Berlin gewählt, da wird er seine Rede wichtig nehmen." Beim Blick auf Birgit Breuels Unterschrift versuchte Bock, sie sich in Gedanken vorzustellen, ihr kluges, leicht zerstörtes Angesicht, ihre rötlich blonden Haare und die kräftige Hand, mit der sie dieses Blatt hier unterschrieben hatte. Ja, er mochte Birgit Breuel, und er war unsinnigerweise stolz auf sie.

Neben Frau Breuels Brief enthielt die Laufmappe noch daumendick Papiere, den zweiten Fortschrittsbericht des Bundesministers für Wirtschaft zur Vorbereitung der EXPO 2000, ein Magazin mit dem Leitartikel von Theodor Diener, dem Geschäftsführer der EXPO 2000 GmbH, betitelt „Der EXPO-Zug rollt – steigen Sie ein!" und eine umfangreiche Konzeption für den Deutschen Pavillon. Er begann, sich einzulesen, und nahm sich als erstes den Fortschrittsbericht vor. Mittelpunkt der EXPO 2000, so las er da, werde ein Themenpark sein. Dieser solle „einen inhaltlich konsistenten Komplex darstellen" und den „partizipierenden Menschen überall in der Welt einen Ausblick auf die innovativen Möglichkeiten zur Lösung globaler Probleme geben." Und: „Es sollen mit Hilfe einer einprägsamen Symbolik didaktisch-spielerische Bezüge zu dem Generalthema der Ausstellung hergestellt werden." Die Bundesregierung werde darauf achten, dass der Themenpark „ein attraktives Kommunikationsforum darstellt, auf dem die Wirtschaft die Rolle spielen kann, die ihrer besonderen Bedeutung für eine nachhaltige Entwicklung angemessen ist. Dabei dürfen die kommerziellen Aspekte nicht aufdringlich im Vordergrund stehen."

Auch die Konturen des Deutschen Pavillons waren in dem Fortschrittsbericht schon vorgezeichnet. Grundorientierung solle das Aktionsprogramm Agenda 21 (Rio de Janeiro 1992) sein, vor allem das Prinzip der nachhaltigen Entwicklung, das nicht nur ökologisch, sondern ebenfalls politisch, wirtschaftlich, sozial und kulturell definiert werden müsse. „Der Pavillon soll eine heitere Atmosphäre vermitteln – keine Verzagtheit angesichts der globalen Herausforderungen, Leichtigkeit in der Darstellung, Kompetenz zu Problemlösungen vorstellen; Besucher soll selbst entdecken, nicht belehrt werden (keine Tiefsinnschau)." Kreativstudios und Inszenierungsspezialisten seien einzuschalten. Der Kostenanteil des Bundes von zweihundert Millionen Mark werde im Einzelplan des Wirtschaftsminister erfolgen, vermerkte der Bericht am Schluss.

Geschäftsführer Diener rief in seinen zündenden Zeilen jeden auf, „seinen Beitrag als EXPO-Botschafter" zu leisten. „Lassen Sie uns gemeinsam ein Feuerwerk an Ideen entzünden. Damit wir am 31. Oktober 2000 sagen können: Es hat sich gelohnt."
Das dritte Schriftstück, das er in den Händen hielt, war bereits die Hervorbringung eines der Studios, deren Einschaltung der Fortschrittsbericht empfohlen hatte. „expo + arts imagineering" nannte sich das Unternehmen, das sich hier der Inszenierung des Deutschen Pavillons gedanklich angenommen hatte. Dieser, so die Einführung von „arts imagineering", werde auf der Agenda der Besucher eher zu den „must see" Attraktionen gehören. Die Struktur der Angebote sei auf das unterschiedliche Rezeptionsverhalten der Besucher abzustimmen, hieß es weiter. Und: „Um zu einer Vergleichbarkeit zu gelangen, ist es notwendig, die unterschiedlichen Formen der Darstellung als in ihrer Komplexität reduzierte Modelle zu definieren."

Bock verstand von diesen Vorbemerkungen der Einbildungskünstler nicht eben viel und erhoffte sich nun mehr von dem besonderen Teil.

Dort war zunächst unter Punkt A von einem Forum die Rede, der „Multifunktionalen Hauptfläche", wie „expo + arts imagineering" es definierte.

Das Forum solle eine Tageskapazität von ca. 50.000 bis 70.000 Besuchern absorbieren. Hier werde der Besucher von sogenannten Hosts (Gastgebern) empfangen werden und in die Thematik des Deutschen Pavillons eingeführt. Diese Hosts seien eher zu verstehen als Edutainer, also Vermittler von Ideen und Atmosphäre denn als Informationspersonal. Es würden 300 Hosts benötigt bei einer durchschnittlichen Besucher-Aufenthaltsdauer von 20 Minuten. So entstehe ein Host/Besucher-Verhältnis von 1 Host/19 Besuchern. Kalkuliere man noch mit ein, dass nur jeder zweite Besucher angesprochen werden wolle und ein Dialog durchschnittlich 2 Minuten dauere, so ergebe sich ein Verhältnis von 1 Host / 10 Besuchern.

Joachim dachte an die Kaufmannstochter Silvia Sommerlath, die als Chef-Hostess bei den Olympischen Spielen 1972 mit dem Schwedischen König Karl XVI. Gustav wohl mehr als zwei Minuten gesprochen hatte und danach Königin geworden war. Aber er durfte jetzt nicht abschweifen, es war noch viel zu lesen.

Unter Punkt B. kam die Expertise jetzt auf die Ausstellung im Deutschen Pavillon zu sprechen. „Inhalt vs. Form" war die Vorbemerkung B1. überschrieben, und sie wies „explizit auf die eminente Bedeutung des Inhalts" hin.

Dann ging es unter B2. um die Form der Darstellung:

> „Für den Ausstellungsbereich werden hier unterschiedliche Darstellungsformen beschrieben und miteinander verglichen. Dazu wurden die drei meistbenutzten Formen der Darstellung in Themen-

> parks, Science-Centern, Erlebniswelten gewählt: (Groß-) Screens als audiovisuelle (A/V)-Systeme, Echtraum-Environments als eigentliche Objektausstellung sowie People-Mover als Transportsystem für Großausstellungen.“

Echtraum-Environment, las Bock, sei ein neudeutscher Begriff für Ausstellung und werde hier ganz bewusst gewählt, um dem Eindruck entgegenzuwirken, dass in einem Deutschen Pavillon im Jahre 2000 eine simple Ausstellung installiert werden könnte. Weiter war von mehreren Bausteinen die Rede, von real installierten Objekten, von Info-Points, Computer Terminals, Touch Screen Monitoren und einem People-Mover, der Gott sei Dank auf Seite 19 erläutert wurde:

> „Unter People-Mover versteht man eine Ausstellungsbahn, also ein System, welches Wägelchen an Szenarienvorbeifahren lässt. In den Grundelementen basiert der People-Mover auf der Struktur traditioneller Geisterbahnen.“

Als Joachim Bock die Mappe durchgelesen hatte,war es Mittag, und er verspürte eine leichte Übelkeit,so als hätte er etwas gegessen, was seinen Magen überforderte. Der Wortschwall auf den Blättern dort hatte es nicht vermocht, sein Vorurteil gegen die EXPO 2000 abzubauen; nicht einmal informiert fühlte er sich nach all dem Lesen. Verstanden hatte er allenfalls, dass durch die Weltausstellung eine Geisterbahn fahren würde und dass sein Schwiegervater wieder einmal recht hatte, der in den Jahren vor seinem Tod immer wieder ausgerufen hatte: „Das ist das Jahrhundert des Geschwätzes!“

Im Casino gab es holländischen Grießbrei, was Joachims Stimmung wieder etwas hob. Bis gegen drei Uhr am Nachmittag war er ratlos, was er den Minister nächsten Monat sagen lassen sollte. Dann, nach vier Tassen

Tee, kam wieder Ordnung in sein Denken. Aus den Papieren, die er am Morgen durchgelesen hatte, war etwas Vernünftiges nicht zu entwerfen, da war er sich als erfahrener Redenschreiber sicher. Gleichzeitig wusste er, dass er jetzt nicht den Fehler machen durfte, sich bei seinem Widerwillen gegen diese komischen Papiere länger aufzuhalten; denn positives Denken war Grundvoraussetzung für jede Rede eines Mitglieds der Regierung. Die Lösung des Problems erschien ihm mit einem Male denkbar einfach: Da er selber der Weltausstellung in Hannover nichts Positives abgewinnen konnte, würde er den Minister über diese dubiose Veranstaltung gar nichts sagen lassen, zumal Birgit Breuel das viel besser machen würde.

Der Minister würde nur auf die kompetente Generalkommissarin verweisen und sich einem anderen Thema widmen, das sich wie von selbst ergab: Berlin. Dorthin waren die Diplomaten eingeladen, dort waren im Monat darauf Wahlen, bei denen die Partei des Ministers ums Überleben kämpfte, dorthin sollte von Bonn aus umgezogen werden, obwohl die Bonner strikt dagegen waren. Die Bonner, die sonst so leicht nichts aus der Ruhe brachte, malten wegen des Berlin-Beschlusses des Bundestages den Teufel an die Wand und lamentierten gar, der Umzug nach Berlin sei ein Umzug in eine andere Republik, wobei sich ihre Emotionen aber vor allem aus der Liebe zu ihren Reihenhäusern speisten. Noch sehr genau stand Bock die letzte Personalversammlung seines Ministeriums vor Augen. Zwei Stunden lang hatten dort wieder alle gegen den Umzug nach Berlin gewettert. Der Minister hatte sich das geduldig angehört, dann aber nur kurz und bündig angemerkt, die Hauptstadtfrage könne nicht danach entschieden werden, wie es den Bonner Angestellten und Beamten in die private Lebensplanung passe.

Auch Bock hing an seinem Reihenhäuschen, und für Therese hatten Großstädte stets etwas Beängstigendes gehabt. Da Berlin ihr fremd gewesen war, hatte Joachim ihr voriges Jahr über Ostern die Stadt gezeigt, und sie hatte sich tatsächlich schon mit dem Gedanken an den Umzug angefreundet. Am Ostermontag waren sie bei nasskaltem Wetter vom Brandenburger Tor zum Potsdamer Platz spaziert, über die Piste, auf der früher die Grenztruppe hinter der Mauer Streife gefahren war. Aus den Ritzen zwischen den schmutzfarbenen Betonplatten waren Gräser und Löwenzahn gesprossen, und das Gelände des Potsdamer Platzes war öd und leer vor ihnen aufgetaucht. Einige Haufen Bauschutt und Unrat, einer davon gekrönt mit einem ausgebrannten Motorrad, das war alles, was der Platz zu bieten hatte. Joachim war es vorgekommen, als seien er und Therese zwei Ameisen, die über eine Leiche krabbelten. Mitleid mit dieser Stadt hatte ihn erfasst, und seitdem war er auch emotional für den Umzug nach Berlin, den er bis dahin nur ergeben hingenommen hatte wie ein Ereignis der höheren Gewalt.

In gewisser Weise waren diese Diplomaten, vor denen der Minister reden sollte, ja wohl auch Bonner Beamte, denen es am Rhein recht gut gefiel und die in ihrer Mehrzahl den Umzug nach Berlin so scheuten wie Bocks Kollegen aus den Ministerien. Auch das schien ihm ein guter Grund, Birgit Breuels EXPO-Treffen mit einer Werbung für Berlin anzureichern.

Am Abend wusste Bock in groben Zügen, was er den Minister sagen lassen würde. Gleich am Beginn musste er sich zu dem Vorwurf äußern, Berlin sei die eigentliche Nazistadt gewesen. Zu beschönigen war an diesen fürchterlichen Jahren nichts, auch nicht daran, dass in Berlin unsagbare Verbrechen geplant und auch begangen worden waren. Aber war es fair, das alles nur der Hauptstadt anzulasten? Adolf Hitler, Hermann Göring und Joseph Goebbels waren keine Berliner, jedenfalls keine geborenen, und die Jahre von 1933 bis 1945 haben alle deutschen Städte gemeinsam auf sich zu nehmen, notierte Bock in seine Kladde. Er und der Minister würden dann auf Berlins Rolle nach dem Krieg zu sprechen kommen, als die Stadt Symbol für den Freiheitswillen aller Deutschen geworden war. Vor allem aber wollte er daran erinnern, dass Berlin schon vor jener barbarischen Nazizeit eine Geschichte hatte und dass sich darüber manch positive Einzelheit berichten ließ.

Gewiss, als die Franzosen im Jahre 1789 die Bastille stürmten, gab es in Berlin nichts dergleichen. Dort ließ damals gerade Friedrich Wilhelm II. durch Langhans das Brandenburger Tor bauen. Die Verhältnisse waren damals in Berlin nicht so, dass jemand Anlass gehabt hätte, an eine Revolution zu denken. Im Gegenteil. Berlin und Preußen strotzten vor Gesundheit, und die Berliner nannten ihren König liebevoll frech den „dicken Wilhelm". Der Dicke hatte ihnen eine Blüte der Kultur beschert. Die Gillys, Vater und Sohn, und später in ihrer Nachfolge Schinkel gaben Berlin das schönste städtebauliche Gesicht, das es je gehabt hat. Iffland machte das königliche Schauspielhaus berühmt und Zelter die Singakademie. Wäre es nach dem König gegangen, so wäre sogar Mozart umgezogen nach Berlin, was sein Leben vielleicht verlängert hätte.

Dann würde der Minister den Blick der Diplomaten noch weiter zurück lenken, bis Friedrich der Große vor ihnen stehen würde. Unter diesem König, so würde der Minister sagen, galten in Berlin schon die großen Gleichgültigkeiten, die der Aufklärung entsprachen und die anderenorts erst ein halbes Jahrhundert später blutig zu erkämpfen waren. Konfessionell gleichgültig war der preußische Staat des 18. Jahrhunderts. Seine Untertanen konnten katholisch, protestantisch, lutherisch, calvinistisch, mosaisch oder mohammedanisch sein, wenn sie nur ihre Pflicht erfüllten. Ausländer waren in einer Weise toleriert, wie es noch heute vorbildlich erscheinen muss. Franzosen, Polen, Holländer, Schotten und Österreicher waren als Einwanderer allesamt willkommen. Es gab Zeiten, wo jeder dritte Einwohner Berlins ein Franzose war, und noch Napoleons Truppen waren überrascht, wie gut sie sich in dieser Stadt auf Französisch verständigen konnten.

„Jedem das Seine", lautete die Umschrift auf dem Schwarzen Adlerorden. Was dem Staat nicht schadete, daraus hielt er sich heraus. Es war eine frühe Form von Liberalität, wie sie im Strafrecht erst zweihundert Jahre später in den Reformen der sozialliberalen 70er Jahre wieder erreicht worden ist. An dieser Stelle seiner Rede würde Bock den Minister die Anekdote einstreuen lassen, die Friedrich den Großen als Richter über einen Sodomiten zeigt. Als dem König eines Tages gemeldet wurde, einer von der Kavallerie habe es mit seinem Pferd getrieben, was damals in ganz Europa noch als todeswürdiges Verbrechen galt, urteilte der Alte Fritz: „Man versetze das Schwein zur Infanterie!"

Bock wusste nicht, ob man dem Minister genügend Zeit einräumen würde, auch noch an den Freiherrn vom Stein zu erinnern; aber zur Not würde sich der Minister diese Zeit einfach zu nehmen haben. Denn der Freiherr vom Stein, der zu seiner Zeit auch vom Rheinland nach Berlin umgezogen war, hatte dort Ideen zur Selbstverwaltung entwickelt und verwirklicht, die für die deutschen Verhältnisse ebenso revolutionär gewesen waren wie die eines Jean Jacques Rousseau für die Franzosen. „Ich halte es für wichtig, die Fesseln zu zerbrechen, durch welche die Bürokratie den Aufschwung der menschlichen Tätigkeit hemmt." war einer der Sätze des Freiherrn, an den sich Bock deshalb erinnerte, weil er ihn letztes Jahr in eine Rede zur Deregulierung eingebaut hatte.

Für die soziale Frage wäre sicherlich zu wenig Zeit. Sonst hätte der Minister sagen können: Die soziale Frage war in Preußen natürlich nicht gelöst; aber sie wurde ja auch erst ziemlich spät gestellt. Erst Karl Marx formulierte sie 1848 in Bonn. Aber die erste passende Antwort wurde in Berlin gegeben in Gestalt der Bismarckschen Sozialversicherungsgesetze.

Als das Konzept der Rede stand, kamen Bock doch Zweifel, ob der Minister es akzeptieren würde. Wahrscheinlich würde er sich überzeugen lassen; zur Sicherheit würde er, Bock, die Rede so knapp vor dem Termin vorlegen, dass dem Minister nichts anderes übrigbleiben würde, als sie zu halten. „B 3 macht frei“, dachte Joachim Bock, ordnete seine Notizen, steckte seine Zeitung in die Aktentasche und verließ das Ministerium in die Dunkelheit. Es war schon fast sieben. So lange blieb er sonst nicht. Morgen würde er pünktlich das Haus verlassen.

12. Lob der Wiederholung in der Liebe und in der Musik

Als Krista Hansen am Mittwoch kurz nach fünf zum Tee kam, tranken sie keinen Tee. Statt nach oben ins Wohnzimmer gingen sie gleich nach unten zu der Liege, von der aus man das Bild mit der zerstörten Wesselinger Landschaft sehen konnte. Doch auch dafür hatten sie heute keinen Blick; sie waren vielmehr ganz darauf fixiert, das fortzusetzen, was sie vor einer Woche hier miteinander angefangen hatten. Als Joachim Kristas Brüste wiedersah, hängend in ihrer ganzen Fülle, hätte er am liebsten laut aufgeschrieen vor Begeisterung. Aber er beherrschte sich und gab sich auch sonst große Mühe, nicht wieder über Krista herzufallen wie ein Verhungernder.

Als sie danach erhitzt beieinander lagen, schwiegen sie noch eine Zeitlang. Joachim war glücklich und zufrieden. Es war viel schöner gewesen als am vorigen Mittwoch. Nicht mehr so unvorbereitet und schon weniger fremd. Unbekümmert sinnlich hatte Krista sich ihm hingegeben. Manches, dachte Joachim, braucht eben die Wiederholung, um sich zu entfalten – wie in der Musik. Viele heute berühmte Werke der Musikgeschichte, so hatte er neulich bei einem Vortrag gelernt, seien bei ihrer Uraufführung durchgefallen. Der Musikgenuss der meisten Hörer, so der Vortragende, besteht zu einem wesentlichen Teil im Wiederhören, was nur die Wiederholung bieten kann. Da gibt es also eine Gemeinsamkeit zwischen der Oper und dem Ficken, dachte Joachim und grinste.

„Warum grinst Du?", fragte Krista Hansen. „Weil ich mich so rundum zufrieden fühle wie ein frisch gestillter Säugling", log Joachim. Er war überrascht, dass sie sein Grinsen wahrgenommen hatte; es brannte kein Licht im Raum, die Dämmerung war schon zur Dunkelheit geworden, nur die Laternen der Straße unten am Hang warfen ein paar Strahlen an die Zimmerdecke. Er konnte ohne seine Brille Kristas Gesichtszüge kaum erkennen.

Was wusste er eigentlich von der Frau in seinen Armen, deren Brüste er noch streichelte? „Ich weiß eigentlich nichts von Dir, nicht einmal im Telefonbuch habe ich Dich gefunden.“ Krista antwortete nicht gleich, rückte dann von ihm ab, setzte sich auf und erzählte ihm in wenigen Worten, aber in einem vorwurfsvollen Ton, als ei er an allem schuld, von ihrem Gatten Maximilian, ihrer Freundin Betty und ihrer Rolle als Ehemaklerin, aus der sie unerklärlich für sie selber gefallen war. Sie wurde richtiggehend wütend beim Sprechen und schloss ihren Bericht, den Tränen nahe, mit der eigenartigen Liebeserklärung: „Ich wollte mich nicht verlieben, und zu allerletzt in einen Rheinländer, Katholiken und Ministerialbeamten!“

„Woher willst Du wissen, dass ich katholisch bin?“

„Das war das erste, was mir an Dir aufgefallen ist. Eine Hamburgerin hat dafür einen Blick.“

Dann stand sie auf, sperrte ihre großen Brüste, von denen Joachim den Blick nicht eine Sekunde gelassen hatte, wieder in ihre weißen Etuis und verließ das Haus, nicht ohne ihn, immer noch vorwurfsvoll, zum Abschied kurz zu küssen.

Erst als sie weg war, wurde Joachim seine Rolle in diesem Stück bewusst. Seine Geliebte war verheiratet, und er hatte sich an einem Ehebruch beteiligt; bis jetzt zwar ohne Vorsatz und damit schuldlos, aber mit jedem nächsten Mittwoch würde sich das ändern. Er stellte sich die Frage, was die Ehe ihm bedeute. Seine eigene Ehe hatte er respektiert, indem er Therese nie betrogen hatte. Jedenfalls nicht in der Wirklichkeit. Seine Gedanken hatten sich diese Begrenzung jedoch nie gefallen lassen, waren vielmehr zuweilen heftig ausgeschwärmt. Mehrmals hatten andere Frauen ihn so angezogen, dass es nur noch ein kleiner Schritt gewesen wäre bis zum Ehebruch. Aber vor diesem Schritt war er dann doch jedes Mal zurückgeschreckt. Warum eigentlich?

Die Befolgung kirchlicher Gebote konnte es nicht gewesen sein; sein Christentum hatte sich seit dreißig Jahren so gelockert, dass es ihn nicht mehr beengte. Allenfalls war an einen eher rechtlichen Effekt zu denken, wie bei Tarifverträgen, deren Bindungen, auch wenn gekündigt worden ist, noch weiterwirken. Oder hatte ihn der natürliche Respekt vor Therese im Zaum gehalten, so wie in der Klasse eines guten Lehrers niemand schwätzt? Es konnte auch an seinem ausgeprägten Sinn für Ordnungen gelegen haben, von denen die Ehe ja nicht die geringste war. Wahrscheinlich war es etwas von alledem gewesen. Im übrigen war er ein Mensch, den die luftigen Möglichkeiten mehr erregten als die Wirklichkeit mit ihren Niederungen.

In einem Roman, den er vor vielen Jahren gelesen und dessen Titel er vergessen hatte, war der verheiratete Hausherr von einem Freund gefragt worden, wie er die eheliche Treue sehe. Der Gefragte – es war ein Engländer, wie ihm jetzt wieder einfiel – hatte mit einem plastischen Bild geantwortet: Er schätze es nicht, wenn ein Besucher in seinem Wohnzimmer in eine Vase pinkele. Das hatte Joachim damals überzeugt. Aber jetzt war er selbst der Pinkler und musste sich bis zum nächsten Mittwoch entscheiden, ob er weiter in die fremde Vase pinkeln würde oder nicht. Es sei denn, Krista Hansens Ekel vor rheinisch-katholischen Ministerialbeamten würde so die Oberhand gewinnen, dass sich sein Fall von selbst erledigte.

Doch danach sah es nicht aus. Krista Hansen hatte sich trotz aller Freiheitsliebe in ihn verliebt, und was die Beziehung zu ihrem Ehemann Maximilian betraf, so war da nicht mehr viel zu zerstören. Seit sie ihn mit dem Cognac teilen musste und dabei ihren Anteil immer kleiner werden sah, war das, was die Liebe ausmachte, bei ihr kaum mehr vorhanden; sie sah sich herabgewürdigt in eine Rolle zwischen Gesellschafterin und Krankenschwester.

Die Wut war nur eines von mehreren Gefühlen, die sich in Krista Hansen mischten. Auch Erleichterung war darunter, dass Joachim jetzt wusste, woran er mit ihr war. Und es erregte sie die Freude darüber, dass sie wieder lieben konnte. Seit vielen Jahren hatte ihr nichts und niemand mehr Anlass gegeben, in ihren Brüsten etwas von Wert zu sehen; Joachim aber machte den beiden geradezu den Hof. Ihr ganzer Körper hatte längst verlernt, sich in der Liebe wirklich zu beleben; jetzt konnte er es wieder, und sie schrak zusammen bei dem Gedanken, dass sich das eigentlich nicht wiederholen sollte.

Vor allem aber war sie sich nicht sicher, ob das, was Joachim für sie empfand, mehr war als die wöchentliche Lust auf eine Schäferstunde. Und diese Unsicherheit war wohl der stärkste Grund für ihren Ärger.

Unter solchen Gedanken erreichte sie ihr Haus in Kessenich. Sie bereitete für die Kinder und für sich das Abendbrot und telefonierte nach dem Essen mit ihrem Mann in Brüssel. Obwohl sie an seinem Tonfall gleich bemerkte, dass er seine ganze Tagesration schon nahezu getrunken haben musste, gab sie sich heute besonders nett und liebevoll und berichtete aufgeräumt von ihrem Tageslauf und von den Kindern. Ihr Mann war so wie immer. Anscheinend hatte sie ihn beim Fernsehen gestört; denn er war bemüht, das Gespräch nicht lang werden zu lassen. Krista war das recht.

Sie schrieb an diesem Abend noch ein Urteil in einem Streit über den Unterhalt nach einer Scheidung. So ganz unrecht, dachte sie, hatte Joachim ja nicht, als Scheidungsrichterin hatte sie wirklich immer nur die

Müllabfuhr der Liebe zu besorgen. Ihr war das bisher nicht so bewusst gewesen. Aber jetzt, wo sie selber wieder liebte, stimmte es sie traurig, wie oft die Liebe scheiterte und wie unappetitlich all das war, was danach folgte und sich auf ihrem Schreibtisch häufte.

Sie ging früh zu Bett und lag noch eine Weile wach. Alle Wut war von ihr abgefallen. Sie sorgte sich auch nicht mehr, obwohl sie Schwierigkeiten in der Zukunft auf sich zukommen sah. Sie streichelte mit beiden Händen ihren Bauch, den sie für zu fett geworden hielt, und freute sich darüber, dass sie begehrt wurde und sich sehnen konnte nach diesem Joachim Bock, und wenn er auch Rheinländer, Katholik und Ministerialbeamter war. In der Liebe konnte man es sich nicht so genau aussuchen. Die Hauptsache ist, ich liebe, dachte sie zuletzt und schlief danach entspannt und glücklich ein.

13. Wenn Männer zu kurz trauern

In den Wochen nach diesen ersten Teestunden mit Krista Hansen hatte Joachim Bock ein Leib-Seele-Problem. Seinem Leib hatte es bei Krista gut gefallen, so gut, dass ihn, den Leib, ein Gefühl beherrschte, das man Verliebtheit nennen musste. Bocks Seele aber war so weit noch lange nicht. Ihr war das alles viel zu schnell gegangen, mit zu wenig Überlegung, unordentlich und nach dem, was vorangegangen war, fast paradox. Sie hing noch ganz und gar Therese an, in Treue fest und unbeweglich. Zu der fremden Frau, mit der sich sein Leib so vorschnell eingelassen hatte, war noch kein Zutrauen vorhanden, zumal diese in so ziemlich allem das genaue Gegenteil Thereses war; ein Selbstbetrug, hier werde Therese gleichsam nur fortgesetzt, war da nicht möglich.

Die Fronten waren also klar, doch die Linien verschoben sich im Laufe einer Woche. Nach dem Sieg des Körpers am Mittwoch gewann sogleich die Seele wieder die Oberhand mit ihren Vorbehalten. Auch am Freitag hielt sie noch die Stellung. Aber schon am Samstag kam sie gegen den Leib und seine Wünsche kaum noch an, bis sie am Montag schließlich mit anhören musste, wie sich Joachim balzend unter dem Diktat des Körpers für Mittwoch mit Krista Hansen zur nächsten „Teestunde" verabredete.

Den Grund für das aufreibende Gezerre in ihm ahnte Joachim: Er hatte zu kurz getrauert. Er musste an die Geschichte von dem alten Indianer denken, der zum ersten Mal mit einem Flugzeug geflogen war und am Ziel traurig vor sich hin starrte. Auf die Frage nach dem Grund dafür murmelte er, seine Seele habe ihm so schnell nicht folgen können. Für einen Witwer, dem seine Frau etwas bedeutet hatte, dauerte die Trauerarbeit üblicherweise rund ein Jahr. Mit nur drei Monaten hatte sich Bock ungebührlich weit aus der Norm gestohlen, selbst wenn man ihm nachsichtigerweise zugute halten mochte, dass er ein Mann war, der auch alles andere besonders rasch erledigte. Um den nagenden Selbstvorwürfen zu entkommen, grübelte er darüber nach, ob und wie er die versäumte Trauer nacharbeiten und was er unternehmen könnte, um vor Therese besser dazustehen. Gab es zum Beispiel eine Unannehmlichkeit, die er sich freiwillig auferlegen konnte, um das Trauerkonto auszugleichen? Vielleicht könnte er Therese eine Magenspiegelung in Zahlung geben. Immer wieder hatte sie ihn im letzten Jahr vor ihrem Tod damit genervt, er solle sich auf den von der Apothekenzeitung verbreiteten Bazillus untersuchen lassen, der in jedem zweiten Magen sitze und dort für die Entstehung von Gastritis verantwortlich sei. Aber ohne Gastroskopie war der Helikobakter nicht zu entdecken, und darum hatte Joachim stets abgewinkt; die letzte (und einzige) Magenspiegelung seines Lebens hatte er noch in schrecklicher Erinnerung.

Je schrecklicher damals, desto besser jetzt. Leidensfroh meldete er sich bei dem ihm empfohlenen angeblich sehr netten Internisten Dr. K. im nahegelegenen Krankenhaus an und betrat am vereinbarten Termin morgens um acht nüchtern die Opferstätte. Dr. K.s Vorzimmerdame führte ihn in einen ziemlich großen Saal, in dessen Mitte einsam eine von diesen Gummiliegen stand, bei denen man an alles andere, nur nicht ans Schlafen denkt. Um das Bett herum war so viel Platz, dass hier ein Patient von zwei Dutzend Ärzten gleichzeitig behandelt werden konnte. Joachim blieb allein im Raum zurück und sah durch eines der zum Lüften offenstehenden Fenster auf einen regennassen Hof, wo aus einer riesigen Wäscherei weiße Schwaden in die Höhe stiegen. Das alles war so trüb wie seine Stimmung, und der einzige Gedanke, mit dem er sich von dem schon jetzt unangenehmen Kratzen im Rachen abzulenken trachtete, war die Verwunderung darüber, dass Krankenhäuser anscheinend zur Hälfte aus Wäschereien bestanden.

Nach etwa zehn Minuten erschien eine rundliche Krankenschwester und legte alle Utensilien für Dr. K. bereit, darunter auch den langen schwarzen

Schlauch, an dem vorne das Auge saß, das sich schon allzu bald in Bocks Innenräumen umsehen würde. Nur mit Mühe konnte er die Schwester davon abhalten, ihm die Beruhigungsspritze zu verabreichen, nach der man einen halben Tag im Halbschlaf vor sich hindämmerte. Joachim war auch diese Spritze in schlechtester Erinnerung, er hatte deshalb dem Arzt eine bloß örtliche Betäubung abgehandelt. Dr. K. erschien und erläuterte ihm die Prozedur in einem künstlich aufgeräumten Tonfall.

Doch dann wurde es schnell ernst. „Einmal schlucken", hörte Joachim den Dr. K. noch sagen, und schon drang der Schlauch wie eine unverschämte Schlange in ihn ein. Joachim hatte sich fest vorgenommen, diesmal tapferer zu sein. Aber sein Zäpfchen hinten im Rachen taugte einfach nicht zum Helden. Jedwedem guten Zuspruch unzugänglich, wehrte es sich verzweifelt und mit seiner ganzen kleinen Kraft gegen die freche Schlange. Ja, es riss schon nach wenigen Sekunden Joachims ganzen Körper mit sich in den Widerstand, so dass er sich auf nichts mehr außer Würgen konzentrieren konnte. Bisher ungekannte Mengen Säfte strömten wie von überall her aus seinem Schlund, als wollten sie den fremden Eindringling ausschwemmen. Joachim bekam kaum noch Luft. Notgedrungen drehte er seinen Mund so weit zur Seite, dass der sabberige Schleim auslaufen konnte. Dabei besudelte er sein weißes Hemd; vergeblich hatte die dicke Schwester sich bemüht, dies mit einem Papiertuch zu verhindern. Dr. K. versuchte, seinen Patienten zu beruhigen, indem er ihm die jeweilige Position des Gastroskops meldete: Speiseröhre, Mageneingang, Duodeni. An jeder dieser Etappen gab es ein Verweilen, das Joachim zu schätzen lernte, weil die Reibung beim Weiterschieben noch viel schlimmer war und seinem schon wunden Zäpfchen immer neue Widerstände abverlangte.

Inzwischen kam ihm der dünne Schlauch armdick vor, und die fünf Minuten, von denen Dr. K. gesprochen hatte, wie fünf Stunden. Da fiel ihm plötzlich ein Ratschlag ein, den sein Zahnarzt ihm vor Jahren gegeben hatte, wenn er beim Bohren an den Backenzähnen unruhig geworden war. Das rechte Bein solle er heben, den Fuß strecken, die Zehen mit aller Kraft Richtung Sohle pressen und sich nur darauf konzentrieren. Und o Wunder: Was seinerzeit beim Zähnebohren geholfen hatte, half nun auch beim Magenspiegeln. Der Schlauch ward wieder etwas dünner, und die fünf Minuten gingen nun doch zu Ende. Nur die dicke Schwester schien etwas irritiert: Einen Patienten mit abgespreiztem rechten Bein, so etwas hatte es bei der Gastroskopie noch nie gegeben.

„So, das war`s", verkündete der Arzt, und ohne Schlauch im Schlund fühlte sich Joachim so glücklich wie eine Frau nach der Geburt, nur eben ohne Kind. „Sie waren ja sehr tapfer", sagte Dr. K., und Joachim fühlte sich auf den Arm genommen. Aber der Doktor setzte noch eins drauf: „Wissen Sie, nicht alle Patienten nehmen sich hier so zusammen. Vor allem mit denen aus dem Süden machen wir so einiges mit. In der medizinischen Wissenschaft nennen wir das den ‚Pavor Mediterraneus'." Bock lächelte pflichtgemäß, stieg erschöpft von seinem Gummibett und dachte: „Lieber ‚Pavor Mediterraneus' als ‚Horror Teutonicus'."

Auf dem Heimweg ging er noch kurz am Friedhof vorbei, wo er Therese reuig und mit wundgescheuertem Zäpfchen bat, ihm für die erlittene Fünf-Minuten-Folter drei Monate Trauer nachzulassen, und weil sie immer großzügig gewesen war, glaubte er ziemlich zuversichtlich, dass sie sein Opfer angenommen habe.

14. Exkurs über die Wichtigkeit des Menschen und über die Liebe der Leimschleuderspinne

An der Bonner Adenauerallee, nicht weit entfernt von Konrad Adenauers früherer Wirkungsstätte, steht das Museum Koenig. Es hat, wenn man Prachtbauten aus der Zeit des Kaiserreiches mag, eine schöne Unterkunft, ist aber sonst ein etwas eigenartiges Museum. Auf den eiligen Besucher wirkt es eher wie ein Zoo voll ausgestopfter Tiere aus der ganzen Welt. Gesammelt hat sie, zum Teil noch im vorvorigen Jahrhundert, ein Herr namens Alexander Koenig, dessen Großvater als Bäcker nach St. Petersburg ausgewandert war und dessen Vater es in Russland zum Zuckerfabrikanten und Multimillionär gebracht hatte. Diesen väterlichen Millionen hatte es Sohn Alexander zu verdanken, nur nach seinen Neigungen zu leben: dem Jagen lebendiger und dem Sammeln toter Tiere.

Nach dem zweiten Weltkrieg ist das Museum Koenig für ein paar Monate aus seiner leicht vermoderten Zurückgezogenheit ins Rampenlicht der Politik getreten. Nicht etwa, weil die Politiker der ersten Nachkriegsstunden, wie Konrad Adenauer, Kurt Schumacher, Carlo Schmidt und Helene Weber, sich plötzlich für ausgestopfte Tiere interessierten. Es war die schöne, große Eingangshalle, in der die Giraffen standen, die es ihnen angetan hatte, war sie doch der einzige repräsentative Raum in Bonn, der die Bombardierung heil überstanden hatte. 1948 versammelte sich in dieser Halle der Parlamentarische Rat und beschloss hier unter seinem Präsidenten Adenauer 1949 das Grundgesetz. So wurde 1948/49 das Museum Koenig das, was hundert Jahre davor die Paulskirche gewesen war und dreißig Jahre davor das Nationaltheater in Weimar, Kreißsaal für eine deutsche Verfassung, die beste, die wir Deutschen je hatten, und mit Sicherheit die einzige auf der ganzen Welt, die in einem Zoo voll ausgestopfter Tiere zur Welt gekommen ist.

Heute liegt das Museum Koenig an einer so genannten Museumsmeile und muss mit drei anderen musealen Anstalten darum konkurrieren, Massen anzulocken. Denn heutzutage ist es das Ziel eines jeden Museumsmachers, Ausstellungen zu präsentieren, vor denen sich lange Schlangen von Besuchern bilden, die sich um Eintrittskarten balgen und nur in Gruppen von jeweils zweihundert eingelassen werden können. In diesem harten Wettbewerb war das Museum Koenig zu der Zeit, als auch in Deutschland, ausgelöst durch den Film „Jurassic Park", das Dino-Fieber wütete, darauf verfallen, eine Schau über die Dinosaurier aufzuziehen, mit enormem Erfolg. Schlangen von wartenden Schulklassen aus der ganzen Republik drängten sich vor der kaiserlichen Fassade, und Absperrgitter wie gegen Demonstranten mussten aufgestellt werden, damit die raufenden Kinder nicht auf die Adenauerallee unter ein Auto gerieten.

Wohl keines dieser wartenden Schulkinder – und wahrscheinlich auch keine der Begleitpersonen – wird sich Gedanken darüber gemacht haben, wie viel sorgsamer Vorbereitung es bedurfte, einen derartigen An drang zu erzeugen. Im Hintergrund so eines Museums wirkt, vom schlichten Besucher kaum bemerkt, eine nicht geringe Zahl von wissenschaftlich Vorgebildeten, die sich nicht darauf beschränken, die Bilder aufzuhängen, die römischen Vasen zu beschildern oder die ausgestopften Tiere hinzustellen. Nein, diese vielen klugen Köpfe entfalten dauernd einen regen wissenschaftlichen Betrieb. Sie schreiben Bücher oder wenigstens gescheite Abhandlungen über filigrane Verästelungen ihres Fachs, und sie widmen sich Vorträgen; denn jedes Museum hat wenigstens einen Vortragssaal.

Dabei ist es allerdings eher die Ausnahme, dass die Gelehrten aus dem Museumshintergrund in ihren eigenen Museen reden. Im Regelfall geht es bei der Vortragstätigkeit zu wie bei dem Spiel ‚Bäumchen wechsle dich'. Das heißt: Das Museum A lädt zum Vortrag einen Forscher aus dem Hintergrund des Museums B ein und lässt dafür seine Experten in die Gegenrichtung reisen. Beliebt ist dieser Austausch vor allem international, am liebsten interkontinental. Denn wer das ganze Jahr über in seiner kleinen Stube unter dem Museumsdach sitzt, der möchte sich auch mal in Dallas, Kairo oder Peking gebildet unterhalten und mit eigenen Augen erleben, dass es dort auch Museen gibt.

All diese Erkenntnisse verdankte Joachim Bock seiner Liebe zu den Apfelbäumen. Schließlich war es seine Streuobstwiesen-Kollegin Dr. Wenckebach gewesen, die ihn am Donnerstag nach der letzten Teestunde mit Frau Hansen kurz vor der Mittagspause im Dienst angerufen hatte, was ungewöhnlich war; sie hatten zuvor nie miteinander telefoniert. Verlegen zielstrebig lud sie ihn für den Abend desselben Tages zu einer Geselligkeit in ihre Wohnung ein. Ihr Doktorvater, ein Professor der Biologie aus Zürich, halte am Nachmittag einen Vortrag im Museum Koenig, und sie habe ihn für den Abend zusammen mit ein paar anderen Gästen eingeladen. Da die Runde wegen der Erkrankung des einzigen Mannes, den sie aufgetrieben habe, jetzt nur noch von Frauen gebildet werde, bitte sie Bock, einzuspringen und „das männliche Element zu verstärken", wie sie sich ausdrückte. Joachim fand das etwas komisch, sagte aber ohne Zögern zu, aus Gutmütigkeit oder weil er Lehrpersonen gegenüber aus früherer schulischer Gewohnheit automatisch erst mal folgsam reagierte.

Eingeladen war für halb acht, und als Joachim mit fünf Minuten Verspätung erschien, waren schon alle da: der Professor, ein noch sehr vitaler, aber altersbedingt leicht angegangener Beau von Ende siebzig, der vor seiner Emeritierung die große Liebe so mancher Studentin der Biologie gewesen sein mochte, die Nachfolgerin von Frau Dr. Wenckebach im Amt der Biologielehrerin, eine ebenfalls promovierte Dame Mitte fünfzig, die ihre frisch gewaschenen grauen Haare zu einem Pferdeschwanz gebunden hatte und sich dem Professor durch demonstrative Munterkeit als Klassenbeste anempfahl; dann noch die frühere Lieblingsschülerin von Frau Dr. Wenckebach, Elvira, die jetzt Biologie studierte, mit dunklem Haar und dunklen Augen wie ein stilles Wasser wirkte und den ganzen Abend nichts sagte, wenn man sie nicht fragte, und kaum jemand fragte sie was, und natürlich die Gastgeberin Frau Dr. Wenckebach; sicherlich hatte sie den Professor vor vierzig Jahren auch geliebt. Gut eine Stunde später erschien dann doch noch ein weiteres männliches Element, ein Herr Dr. Römer, der sich als wissenschaftlicher Betreuer der Dinosaurierausstellung im Museum Koenig herausstellte, seinen Doktortitel ebenfalls dem Professor zu verdanken hatte und deshalb heute nicht fehlen durfte.

Was Joachim zunächst auffiel, war der Umstand, dass es nichts zu essen gab. Er hatte fest mit so etwas wie einem Büffet gerechnet und deshalb extra vorher nichts gegessen. In seiner Not machte er sich über die Käsewürfel her, die zum Wein gereicht wurden, auf einem kleinen Tablett, von dem jeder Gast alle fünf Minuten höflich einen Würfel nahm, nur Joachim eben jeweils mehrere, so dass Frau Dr. Wenckebach alle Viertelstunden mitten im erregenden Gespräch in die Küche eilen musste, um das Tablett nachzufüllen. Nach etwa zwanzig Würfeln ließ Joachims erster Hunger etwas nach, so dass er von jetzt ab unbehindert am Gespräch teilnehmen konnte.

Das drehte sich voller Komplimente zunächst noch um den Vortrag, den der Professor am Nachmittag gehalten hatte. Sein Thema waren die vertikalen Klimazonen gewesen, sein Spezialgebiet, dem er sich seit nunmehr fünfzig Jahren widmete. Schon als junger Mann war er allein mit einem Zelt auf hohe Berge geklettert, hatte beobachtet, was sich weltweit in den verschiedenen Höhen auf den verschiedenen Bergen biologisch tat, und so herausgefunden, dass es nicht nur in der Horizontalen, sondern auch in der Vertikalen Klimazonen gab, ganz gleich ob man auf Berge in den Alpen, in den Anden oder im Himalaja steigt.

Joachim hatte darüber nie nachgedacht; aber es leuchtete ihm ein, dass ähnliche Blumen wie in seinem 2000 Meter hoch gelegenen Urlaubsort in Graubünden auch in 2000 Metern Höhe in den Rocky Mountains Wiesen schmückten, die er nie gesehen hatte. Das Besondere der Forschung des Professors war nun allerdings, herausgefunden zu haben, dass es bei aller Gleichheit der vertikalen Klimazonen doch bemerkenswerte Unterschiede gibt, zum Beispiel eben auch zwischen den Blumenwiesen in den Rocky Mountains und denen in Graubünden.

Damit nicht genug, der Professor war offenbar nicht nur in der Flora, sondern auch in der Fauna eine Koryphäe. Dafür sprach jedenfalls das nächste Thema, die Doktorarbeit von Frau Dr. Wenckebach. Sie selber hatte diese Krönung ihrer Beziehung zu dem alten Herrn angesprochen und der Runde mitgeteilt, er habe ihr als Thema eine ziemlich seltene Art von Spinnen angeboten, die Scytodes thoracica, zu deutsch Leimschleuderspinne. Der Professor habe es geliebt, Arbeiten über seltene Kleintiere zu vergeben. Die erste Aufgabe sei es dabei stets gewesen, das nicht leicht zu findende Tierchen selbst zu suchen. Monatelang sei sie herumgereist, um ihrer Scytodes auf die Spur zu kommen. Vergeblich. Fast habe sie schon aufgeben wollen, da habe sie endlich ein Exemplar entdeckt, in ihrem eigenen Keller zwischen zwei Latten der Kartoffelkiste. Da habe sie natürlich dem Professor nicht mehr böse sein können, den sie noch Tags zuvor insgeheim einen Sadisten geschimpft habe. Bei diesen letzten Worten blickte Frau Dr. Wenckebach ihrem Mentor schelmisch in die Augen.

Genau an diesem Punkt der Unterhaltung traf Dr. Römer ein, wodurch das Thema Spinne unterbrochen wurde, was Joachim nicht recht war; denn er mochte Spinnen. In seinem Haus ließ er sie in allen Räumen bei sich wohnen. Eine hatte sich seit Monaten sogar in seiner Dusche eingerichtet. Gewöhnlich saß sie in Brusthöhe. Wenn er morgens zum Duschen kam, war es zwischen ihnen eingespielt, dass Angelika, so nannte er die Spinne, beim ersten Tropfen Wasser einen Meter höher krabbelte und dort wartete, bis die Flut vorüber war. Nach einer Stunde saß sie wieder unten. Da Joachim so gut wie nichts über Spinnen wusste, hätte er gerne mehr erfahren, und als das plätschernde Gespräch es möglich machte, hakte er nach und gab Frau Dr. Wenckebach das Stichwort, aus ihrer Doktorarbeit doch ein wenig vorzutragen.

„Die Leimschleuderspinne", nahm Frau Dr. Wenckebach dozierend ihr Doktor-Thema wieder auf, „schleudert, wie der Name schon sagt, Leim." Bei diesem Satz richtete sich die pensionierte Lehrerin in ihrem Sessel noch straffer auf, als sie ohnehin zu sitzen pflegte, und nahm die Gästerunde in den Blick wie früher ihre Klasse. „Die meisten anderen Spinnen", fuhr sie fort, „fangen ihre Beute bekanntlich in einem Netz. Die Scytodes thoracica dagegen jagt eigentümlich anders. Wenn sie nachts in ihrem Hinterhalt im Keller sitzt und die Beute, beispielsweise eine Schabe, sich ihr nähert, kommt diese plötzlich keinen Schritt mehr von der Stelle, so als wäre sie verhext. Bei näherer Betrachtung, wie sie mir nur mit einer speziellen Kamera möglich war, stellt sich heraus, dass die Schabe von einem dichten Netz klebriger Fäden eingesponnen und gefesselt ist. Das ist das Werk der Scytodes thoracica, die ihren Leim geschleudert hat. Sie macht das blitzschnell, meine Messungen lagen damals zwischen einer sechstel und einer achtel Sekunde. Man muss es sich etwa so vorstellen, als schleudere ein Cowboy treffsicher gleichzeitig zwanzig Lassos nach einem Kalb, nur dass die Scytodes thoracica ihre Lassos nicht in der Hand, sondern im Kopf hat, der bei ihr Cephalothorax heißt. In zwei großen Drüsen ist dort genügend Leim und Gift gespeichert für mehrere Würfe, und weil in ihm so viel steckt, ist ihr Kopf im Verhältnis zum Hinterleib auch viel größer als bei anderen Spinnen."

„Aber wie geht es nun weiter mit der gefesselten Schabe?" fragte Joachim ungeduldig, dem die Jagdszene gut gefallen hatte, wenn er die Schabe auch bedauerte. „Nun", fuhr die Lehrerin fort, „jetzt ist es nicht viel anders als bei anderen Spinnen. Die Scytodes beißt die Schabe und saugt sie restlos aus, das kann einen ganzen Tag lang dauern. Ach doch, eine Besonderheit beim Essen fällt mir da wieder ein: Die Scytodes wäscht sich vor dem Essen sorgfältig die Hände. Und das ist auch nötig; denn bei der wilden Spritzerei besudelt sie sich meistens selbst. Bis zu einer viertel Stunde kann das Händewaschen dauern."

„Und wie lange kommt Ihre Scytodes mit so einer Mahlzeit aus?" fragte der graue Pferdeschwanz.

„Der Nahrungsbedarf der Scytodes ist gering, einmal vollgesogen, ist sie viele Wochen satt und kann zur Not bis zu drei Monaten auf die nächste Mahlzeit warten."

„Und wie pflanzt sich Scytodes fort?" fiel jetzt der Professor ein, wie wenn er die Antwort nicht wüsste. Offenbar wollte er auf etwas Besonderes hinaus.

„Bei der Liebe der Leimschleuderspinne", antwortete Frau Dr. Wenckebach im Tonfall der Lieblingsschülerin, „geht es auffällig ordentlich zu. Es vereinigen sich nicht die Genitalien, wie man meinen könnte, nein, das Männchen nimmt die Befruchtung gleichsam selbst in die Hand. Es füllt seine beiden Taster vorne mit Sperma und führt sie säuberlich in das Abdomen des Weibchens ein, damit ja nichts verloren geht. Das dauert etwa eine halbe Stunde. Mir ist das damals eigenartig vorgekommen, wie eine Kombination aus natürlicher und künstlicher Befruchtung", sinnierte Frau Dr. Wenckebach jenen lange zurückliegenden Nächten nach, in denen sie die Liebe der Spinnen beobachtet hatte.

„Vielleicht sollten Sie noch kurz auf das Paarungsvorspiel zu sprechen kommen, Frau Kollegin“, lächelte der Professor hintergründig.

„Ganz recht, das Vorspiel ist das Interessanteste an der Scytodes, vor allem die regionalen Unterschiede sind erstaunlich. Wenn Männchen und Weibchen zusammentreffen, bleibt das Weibchen ruhig sitzen und klopft mit dem Unterleib, während das Männchen sich hoch aufrichtet, das Weibchen in die Arme nimmt und vor Erregung zittert. Wenn es genug gezittert hat, kommt es zum sogenannten Paarungsbiss, wobei das Männchen sich mit zwei Klauen in die eigens für diesen Zweck vorgesehenen Grübchen unter der Genitalspalte festzwickt, damit ihm seine Braut beim eigentlichen Zeugungsakt nicht mehr abhanden kommen kann.“

„Und was ist mit den regionalen Unterschieden?“ feixte der Professor.

„Die sind in der Tat erheblich. Das Paarungsvorspiel der mediterranen Scytodes dauert etwa neun Minuten, in Deutschland aber nehmen sich die Männchen dafür nur drei Minuten Zeit. Ich habe dazu auch ein aufschlussreiches Experiment gemacht: Aus Südfrankreich habe ich ein paar Weibchen mitgebracht und sie hier mit deutschen Männchen bekanntgemacht. Das Ergebnis war verblüffend. Wenn die deutschen Männchen nach ihrem rudimentären Vorspiel von nur drei Minuten mit der eigentlichen copula beginnen wollten, reagierten die Damen aus dem Süden sehr verärgert. Sie verweigerten die Begattung. Bei einem besonders hastigen Vorspiel war der Unmut des Weibchens sogar so groß, dass es dem Freier sein zwanzigfaches Leimlasso überwarf und ihn damit immobilisierte.“

„So viel zu den biologischen Grundlagen der fortdauernd großen Attraktion des Südens auf den Norden“, schloss der Professor das Thema kurzerhand, und alle lachten.

Joachim hatte während der wissenschaftlich wertvollen Unterhaltung den Dr. Römer beobachtet, der ihm schräg gegenüber saß. Er mochte Mitte dreißig sein und wirkte leidend, obwohl er allem äußeren Anschein nach vollkommen gesund war. Doch das tragisch Bemühte in seinem Gesichtsausdruck und das Reden wie durch einen Trauerflor waren unübersehbar. Dieser junge Mann, dachte Joachim, schien einer von den vielen Heutigen zu sein, die sich an der Verstrickung ihrer Großeltern in die Nazizeit, am Waldsterben und am Ozonloch so aufgerieben hatten, dass Lebensfreude sie ungetrübt nicht mehr erreichen konnte. Früher hätte sie der Eintritt in ein Kloster vielleicht wieder ins Gleichgewicht gebracht; das schied heute leider aus. Die Kirche und ihre Unzulänglichkeiten waren eher ein Grund, die Schwermut noch zu vergrößern. So blieben diesen Glücksunfähigen als Möglichkeiten, all das Traurige zu kompensieren, nur die Verweigerung des Wehrdienstes, die Umstellung der Ernährung auf Vollwertkost und ein elegischer Habitus für den Rest ihres Lebens.

Der Professor mit seinen fast achtzig Jahren wirkte in seiner naiven Unbekümmertheit viel jünger als der junge Dr. Römer, der schon jetzt mürbe und pensionsreif schien. Elegisch seufzend hörte ihn Joachim im Gespräch mit seinem früheren Lehrer gerade sagen: „Wenn sich die Menschen nur nicht so wichtig nähmen!" Doch da fuhr ihm der Professor dazwischen wie mit einem Ordnungsruf: „Aber lieber junger Freund! Sie müssten doch bei mir gelernt haben, dass es die Bestimmung und das Programm eines jeden Lebewesens ist, sich so wichtig zu nehmen wie nur eben möglich. Das Wettbewerbsprinzip ist die Grundvoraussetzung der Evolution. Gerade wir Biologen wissen doch, dass der Mensch nichts anderes ist als eine besondere Art von Säugetier; er muss sich wichtig nehmen; wenn er gesund ist, kann er gar nicht anders. Er muss ständig dafür sorgen, dass die eigenen Geschäfte besser gehen als die des Nachbarn. Das ist der Sinn des Lebens."

„Aber Herr Professor", wagte der so zurechtgewiesene und gleichsam ins Proseminar zurückversetzte Dr. Römer vorzubringen, „auch Papst Johannes XXIII. hat doch immer zu sich gesagt: ‚Giovanni, nimm Dich nicht so wichtig!' "

Darauf der Professor, der Widerspruch noch weniger zu dulden schien als den Irrtum: „Solche Sprüche aus christkatholischem Munde machen mir eine Heidenangst. Nie in der Geschichte des homo sapiens hat sich jemand wichtiger genommen als die Päpste. Denken Sie nur an das Dogma von der Unfehlbarkeit. Giovanni hätte es aufheben können, wenn er sich nicht so wichtig nehmen wollte. Aber hat er je daran gedacht? Nein. Man redet am liebsten von dem, was man nicht hat, sagt Lessing, und für Rom und die Demut gilt das in ganz besonderem Maße." Die erneute Zurechtweisung des Professors, obwohl wieder im charmanten Plauderton vorgetragen, war kaum geeignet, den an allen Übeln dieser Welt leidenden Dr. Römer zu erheitern. Abgekanzelt sank er zurück in seine habituelle Traurigkeit.

Die Damen übernahmen jetzt die Unterhaltung, die sich bei den Herren festgefahren hatte. Sie kamen auf die Streuobstwiesen zu sprechen, und Frau Dr. Wenckebach ermunterte Elvira, bei der Pflege der alten Bäume mitzumachen. Elvira war davon angetan, soweit ihr geringes Temperament das zuließ; Joachim konnte sie sich mit einer Säge in der Hand nicht vorstellen.

Als beim Thema Umweltschutz die Dame mit dem grauen Pferdeschwanz über das Aussterben mancher Arten klagte, wurde der Professor, der sich seit der Kritik an Dr. Römer zurückgehalten hatte, noch einmal munter. Das Verschwinden von Arten sei für ihn kein Grund zur Panik. Im Laufe der Erdgeschichte seien Tausende Tiere und Pflanzen ausgestorben, aber immer neue hätten sie ersetzt. So sei das Leben nun einmal. Ein ewiges Kommen und Gehen. „Denken wir nur an die Dinosaurier“, wandte er sich wieder an den Dr. Römer, „sie sind ausgestorben, und es ist nicht schade drum. Sie waren übrigens überwiegend ziemlich friedlich, fast schon pazifistisch, und sie haben sich streng vegetarisch ernährt, aber auch das hat ihnen nichts genützt.“

Da Joachim schon wieder Hunger hatte und es keine Käsewürfel mehr gab, verabschiedete er sich als erster. Auf dem Heimweg gingen seine Gedanken ständig hin und her zwischen den Protagonisten des Streitgesprächs. Für die allgemeine Traurigkeit des Dr. Römer hatte er keinen Sinn. Und der Professor mit seinem kalten Universumsblick auf diese Welt hatte ihm zwar imponiert, ihn aber nicht angezogen. Die richtige Sicht der Dinge liegt wahrscheinlich in der Mitte, dachte er, als er sich zu Hause noch einen Haferflockenbrei kochte und mit dem Schneebesen in der Stielkasserolle rührte.

15. Wie der heilige Cornelius sich zu Tode ärgerte und wie in Kornelimünster eine Revolution gelang

Auch der Aschermittwoch war für Joachim ein Mittwoch wie jeder andere. Seit Jahren schon unternahm er zum Karneval nichts mehr, was man im Rheinland mit diesen Tagen verbindet; er beging sie fast wie eine Art Fastenzeit, mit viel Ruhe und langen Märschen durch den Kottenforst. Doch an diesem Aschermittwoch fastete er nicht, sondern nahm sich endlich einmal wirklich so viel Zeit, wie man für die Liebe braucht. „Weißt Du, was wir jetzt sind?" fragte ihn Krista danach, und als er es nicht wusste, flüsterte sie ihm ins Ohr: „Intim, so nennt man das." Joachim küsste vor Begeisterung ihren Hals, und auch seine Seele fing an, sich mit seinem Leib zu versöhnen.

„Kennst Du Kornelimünster?" fragte Joachim.

„Ist das eine Birnensorte?"

„Nein, ein kleiner Ort nicht weit von Aachen."

„Muss man den kennen?"

„Man nicht, aber Du solltest ihn kennenlernen."

„Warum?"

„Ich bin dort aufgewachsen."

„Dann erzähl mir alles über Kornelimünster; aber sei bitte nicht böse, wenn ich dabei einschlafe. Ich bin von Kopf bis Fuß auf Schlummern eingestellt." Und wie zur Bekräftigung ihrer Worte schmiegte sie ihren Rücken an Joachims Bauch.

„Kornelimünster", begann Joachim ihrem Nacken zu erzählen, „hat seinen Namen vom heiligen Cornelius; Cornelii Monasterium ad Indam hat es früher einmal geheißen. Es ist nämlich über tausend Jahre alt. Cornelius war ein Papst. Ich weiß, Ihr Evangelischen haltet nicht viel von Päpsten; aber im dritten Jahrhundert, als dieser Cornelius die Kirche führte, waren sie noch recht ordentlich." Krista schwieg. Sie war nur noch halb wach und nicht im geringsten mehr zu Widerreden aufgelegt.

„Als dieser Cornelius im Jahre 251 zum Bischof von Rom gewählt wurde", fuhr Bock fort, „war er nicht unumstritten. Seinen Gegnern war er zu nachgiebig. Sie hätten lieber einen Rigoristen namens Novatianus auf dem Bischofsstuhl gesehen. Der Streit ging darum, wie man es mit den vielen Christen halten sollte, die bei der Verfolgung durch den Kaiser Decius zur Vermeidung von Folter und Hinrichtung aus der Kirche ausgetreten waren. Die Gründlichen unter ihrem Führer Novatian waren der Meinung, man sollte die vielen Tausend Abgefallenen nach dem Ende der Verfolgung nicht wieder aufnehmen; für einen solchen Verrat könne es keine Verzeihung geben. Ganz anders Papst Cornelius. Er wusste, dass sich nicht jedermann zum Märtyrer berufen fühlt. Außerdem war ihm als Chef der Kirche daran gelegen, die Zahl seiner Schäfchen auf einen Schlag wieder zu verdoppeln. Er hielt es deshalb mit den Abgefallenen so, dass sie nach einer Zeit der Buße, etlichen Gebeten und womöglich einer großzügigen Spende wieder in den Schoß der Kirche aufgenommen wurden. Es war eine rheinische Lösung, lange bevor es das Rheinland überhaupt gegeben hat. Hörst Du überhaupt noch zu?" Das leise gestöhnte Ja hätte auch ein Nein sein können, Joachim war es egal, er redete hier nicht als Pädagoge, sondern verspürte im Augenblick nur die Lust, weiter zu erzählen, und das tat er mit leiser Stimme nahe an Kristas linkem Ohr, hinter dem es nach einem Parfum roch, das er bisher noch nicht entziffert hatte. „Die Amtszeit des Papstes Cornelius dauerte nicht lange. Als in Rom eine Seuche ausbrach und dafür Schuldige gesucht wurden, fing Kaiser Gallus wieder eine Christenverfolgung an, und Papst Cornelius ging in die Verbannung nach Civita Vecchia. Dort ärgerte er sich über das Ruhen seines Amtes so sehr, dass er schon nach wenigen Monaten vor Gram verstarb. Ein Märtyrer war er also eigentlich nicht. Er war nicht gekreuzigt, nicht enthauptet, nicht ertränkt und auch nicht gesteinigt worden. Aber es spricht für das feine Gespür der frühen Kirche, dass sie ihn dennoch als Märtyrer verehrte. Sie hatte eben schon begriffen, dass bei allem Respekt vor dem Blutzoll die seelischen Leiden doch die schlimmsten sind. Cornelius ist von den Gläubigen später gegen Fallsucht und Krämpfe angerufen worden; aber eigentlich ist er der Heilige der Frustrierten. Er ist zuständig für alle, die ein Amt, das sie sich wünschen, nicht bekommen oder ein geliebtes Amt verlieren. Und damit ist Sankt Cornelius im Grunde der Heilige des öffentlichen Dienstes."

Joachim machte eine Pause. Krista, mit ihrem Kopf auf seinem rechten Arm, atmete so gleichmäßig und so ruhig, dass er sicher war, sie schlief. Was ihn aber nicht davon abhielt, weiter auf ihren Nacken einzureden. „Zugegeben, Dein Hamburg kennt jeder, die Binnenalster, das Hotel Vier Jahreszeiten, den Hafen und die Reeperbahn, und Kornelimünster kennt leider keiner. Dabei war es schon zur Römerzeit eine ziemlich große Siedlung namens Varnenum, mit einem richtigen Tempel. Und erst recht unter den Franken. Ludwig der Fromme, Sohn von Karl dem Großen, stiftete das Kloster, machte seinen Kanzler Benedikt zum ersten Abt und verlieh dem Kloster auch die Immunität. Damit war Kornelimünster frei von aller Fürstenhoheit, freier noch als viel später einmal die Freie und Hansestadt Hamburg werden sollte."

Ein wohliger Seufzer zeigte an, dass seine Worte Krista nicht erreichten. Was aber seine Erzähllust nicht im geringsten bremsen konnte. „Auch und vor allem wirtschaftlich ging es Kornelimünster meistens gut. Denn es lebte nicht nur von der Landwirtschaft, es war auch eine Art Tourismuszentrum. Nicht dass es dort sehenswerte Seen oder Berge gäbe; nein, der Tourismus des Mittelalters das waren die Wallfahrten. Zu Tausenden pilgerte man zu den großen Kirchen, wo Heiligtümer aller Art zu besichtigen und anzubeten waren. So auch bei uns in Kornelimünster. Schon der fromme Ludwig hatte dem Kloster zur Einweihung aus dem Schatz der Aachener Pfalzkapelle das Schürztuch, das Schweißtuch und das Grabtuch Christi mitgebracht. Etwas später kamen noch die Reliquien zweier Heiligen hinzu, und das kam so: Karl der Kahle hatte ein Kloster in Compiègne gegründet und brauchte für die Einweihung wieder ein Geschenk. Und weil er in der Schatzkammer in Aachen nichts Passendes mehr fand, dachte er: Das Grabtuch ist so lang, das können sich doch zwei Klöster teilen. Um nun den Abt von Kornelimünster für die verlorene Hälfte des berühmten Tuches zu entschädigen, schenkte er ihm zum Ausgleich den Schädel des heiligen Cornelius und einige Gebeine des heiligen Cyprianus. Und weil auch die Mönche des Mittelalters schon viel von Werbung verstanden, ließen sie den Kopf des heiligen Cornelius sogleich in Gold fassen, was prompt die Pilger in großen Scharen anzog, woraufhin die Herbergen, die Gastwirtschaften und die vielen kleinen Brauereien im Münsterländchen in den folgenden Jahrhunderten herrlich florierten. Bis zum Dreißigjährigen Krieg. Da ging es auch Kornelimünster schlecht. Die ständigen Einquartierungen und Plünderungen ruinierten die Finanzen des kleinen Ländchens, und auch Pilger kamen nicht mehr so zahlreich wie zuvor."

Bis zu dieser Stelle seines Vortrags hatte es Joachim kaum gestört, dass Krista die meiste Zeit geschlafen hatte, doch nun kostete es ihn viel Selbstüberwindung, sie nicht aufzuwecken. Denn jetzt kam seine Lieblingsgeschichte: die Revolution von 1699. Wenn es nach Joachim Bock gegangen wäre, hätte die Bundesrepublik nicht den 3. Oktober, sondern den 18. Juli zu ihrem Nationalfeiertag gemacht; denn an diesem Tag hatten anno 1699 seine Vorfahren, die Leute von Kornelimünster, angeführt von den Bierbrauern, sich ihrer selbstherrlichen Obrigkeit mit

Gewalt entledigt. Der Auslöser des Aufstands: Der Abt hatte den kleinen Brauereibesitzern die Konzession entzogen, um seinem Abteibräu-Bier ein Monopol zu verschaffen. Im Kern galt diese Revolution der Wahrung freier Marktwirtschaft. Kein Wunder also, dass Joachim Bock als Kartellrechtsreferent gerade diesen Widerstand ins Herz geschlossen hatte und dass er mit dieser Geschichte Krista bis in den Schlaf verfolgte.

„Man sagt immer, die Deutschen verstünden nichts von Revolutionen. Für meine Münsterländer gilt das jedenfalls nicht. Schon kurz nachdem im Jahre 1686 der Freiherr Bertrand Goswin von Gevertzhaen zum Abt gewählt worden war, begann es zu rumoren. Damit der Abt auch weltlicher Herrscher werden konnte, sollten ihm die Untertanen in einem feierlichen Staatsakt huldigen. Danach aber stand ihnen damals nicht der Sinn, hatte sich doch der neue Abt gleich nach seiner Wahl sehr unbeliebt gemacht, indem er durch eine Steuer das Quart Bier von sechs auf acht Bauschen verteuerte. Außerdem hatte er angekündigt, wie ich vorhin schon sagte, den kleinen Brauern die Konzessionen nicht mehr zu verlängern.

Der Termin für den öffentlichen Treueschwur war auf einen Sonntag, morgens um die zehnte Stunde, festgesetzt. Pünktlich saßen der Adel und die hohe Geistlichkeit, vom Abt extra eingeladen, der Huldigungsszene beizuwohnen, auf der Tribüne. Doch wer nicht gekommen war, das waren die Huldiger. Der Abt blieb mit seinen Gästen allein. Stell Dir das mal vor“, und dabei drückte Joachim vor Begeisterung mit seinem Mittelfinger auf Kristas linke Brustwarze wie auf einen Klingelknopf, „es ist Huldigung, und keiner geht hin! Ist das nicht phantastisch?“

„Was ist?“ Erschrocken fuhr Krista Hansen aus dem Schlaf, ohne die geringste Ahnung, weshalb der von seiner eigenen Erzählung derart hingerissene Joachim so stürmisch bei ihr geklingelt hatte.

„Passiver Widerstand war das", begeisterte sich Joachim, „zweieinhalb Jahrhunderte vor Mahatma Gandhi, und das in meinem kleinen Heimatstädtchen! Der Abt war damals ganz schön in Verlegenheit. Wie sollte er siebenhundert Einwohner auf den Marktplatz zerren lassen und sie dazu zwingen, ihm im Chor Treue und Gehorsam zu geloben? So etwas lässt sich, selbst wenn er mehr als die paar Büttel gehabt hätte, nicht so leicht vollstrecken.

Aber wozu gab es das Reichskammergericht in Speyer? Und wofür zahlte die Abtei dafür ihre Umlage, wenn nicht für solche Streitigkeiten? Also verklagte der Abt alle seine Untertanen zu Speyer auf Erfüllung ihrer Pflicht zur Huldigung – und das Reichskammergericht gab seiner Klage statt. Na bitte, mitten in der Revolution eine Gerichtsentscheidung, ist das nicht deutsch?" fragte Joachim, ohne eine Antwort zu erwarten. „Meine Vorfahren hätten sogar aus lauter Respekt vor dem hohen Gericht das Urteil befolgt, wären ihnen nicht zufällig die Franzosen zu Hilfe gekommen, die im Jahre 1688 die Pfalz besetzten. Mit der Folge, dass das Reichskammergericht seine Tätigkeit dort einstellen musste. Damit stellte sich den Revoluzzern die interessante Rechtsfrage: Müssen wir den Spruch eines Gerichtes befolgen, das es nicht mehr gibt? Die Frage stellen, hieß sie verneinen: Ein Gericht, das es nicht mehr gibt, kann uns auch nichts mehr befehlen. Folglich fiel auch die gerichtlich angeordnete Huldigung aus. Diesmal wegen passiven Widerstands, gestützt auf eine Begründung wie aus der besten griechischen Sophistenschule.

Wieder schäumte der blamierte Fürstabt vor Wut auf der Tribüne, und wieder wurde die Justiz bemüht. Das Reichskammergericht hatte inzwischen in Wetzlar einen neuen Sitz gefunden und verurteilte die Münsterländer erneut zur Huldigung. Das war im Jahre 1693, und jetzt bekam der allseits unbeliebte Landesherr doch noch seine Huldigung, aber nur deshalb, weil meine Vorfahren eine so hohe Achtung vor der rechtsprechenden Gewalt hatten, Euer Ehren“, sagte Joachim, und drückte dabei zum zweiten Mal den Klingelknopf der nackten Richterin in seinen Armen, die wiederum zusammenzuckte.

„Damit war die Revolution zu Kornelimünster aber nicht zu Ende. Ein harter Kern kleiner Brauereibesitzer war nicht bereit, tatenlos zuzusehen, wie der Abt ihre Brauhäuser schloss. Angesichts so schlechten Fortkommens auf dem Rechtsweg nahmen sie die Kartellrechtssache nun selbst in die Faust und beschlossen, den Abt in Notwehr zu erschießen. Da sie aber selber vom Schießen nichts verstanden, suchten sie sich für den finalen Rettungsschuss einen professionellen Killer. Sechshundert Reichstaler boten sie ihm für den Schuss, und jeder gab, soviel er konnte. Am Nachmittag des 18. Juli 1699 lauerten sie mit dem Schützen dem Abt auf seinem Weg nach Aachen auf. Sie standen hinter einer dichten Buchenhecke, und als der großspurige Freiherr von Gevertshaen vorbeiritt, traf ihn die tödliche Kugel.“

Krista Hansen räkelte sich im Halbschlaf, und Joachim küsste in neuentfachter Lust die Stelle in ihrem Nacken, auf die er die letzte halbe Stunde eingeredet hatte. Dabei liebkoste er knetend ihren linken Busen und drang mühelos von hinten in sie ein, eine Position, die sich ganz natürlich ergeben hatte und ihm sowieso am liebsten war. Krista hatte nichts dagegen, im Gegenteil. „Und das zum Beginn der Fastenzeit!“ rief Joachim begeistert.

„Das war übrigens heimtückischer Mord, was Deine Landsleute da mit dem Abt gemacht haben.“ bemerkte Krista, plötzlich wieder ganz wach und ganz Juristin.

„Ja sicher, wenn man es so sieht, aber wenn ich Friedrich Schiller wäre, würde ich einen Wilhelm Tell draus machen.“

„Mach uns lieber einen Tee."

Als sie zehn Minuten später im Wohnzimmer saßen und aus ihren Tassen schlürften, fragte Krista: „Weiß man eigentlich, wie Dein Wilhelm Tell geheißen hat?"
„Heinrich Hirtz. Aber gar so edel wie der Tell beim Schiller ist er nicht gewesen. Und offensichtlich auch ein bisschen doof. Hat er doch geschossen, bevor die kleinen Brauer die große Summe von 600 Talern zusammenhatten. Und dann war er auch noch so unvorsichtig, statt nach vollbrachter Tat sofort zu fliehen, weiter in der Aachener Gegend zu bleiben, um die Restsumme einzufordern. Das wurde ihm zum Verhängnis. Er wurde geschnappt und öffentlich gerädert. Weißt Du eigentlich, wie das ging, das Rädern?"

„Nein, weiß ich nicht, aber Du sagst es mir sicher gleich."

„Dem Verurteilten wurden die Glieder gebrochen. Dann wurde er auf das Rad gebunden und mit einem Mast hoch aufgerichtet. So geschah es auch dem Schützen Hirtz. Er wurde zur Schau gestellt, bis er vor Durst und Wundfieber kläglich verreckte. Und kein Friedrich Schiller hat sich bis heute für ihn gefunden. Aber so ist das nun mal mit den Freiheitskämpfern. Geht die Revolution gut, flicht man ihnen Kränze, geht sie schief, flicht man sie aufs Rad."

16. Die größte Kamelie Deutschlands steht in Sachsen, aber die Semperoper gab nicht die Traviata, sondern den Nabucco

In der Woche vor Pfingsten hatte Joachim Bock von Dienstag bis Freitag dienstlich in Meißen zu tun. Eigentlich nur halbdienstlich. Er war Prüfer in einem Unterausschuss des beim Innenministerium angesiedelten Bundespersonalausschusses, dem sich Beamte stellen mussten, die vom gehobenen in den höheren Dienst aufsteigen wollten. Dort mussten sich dann altgediente Oberamtsräte ein paar Fragen gefallen lassen, wie zum Beispiel: Was ist ein Verwaltungsakt? Wann ist das BGB in Kraft getreten? Oder: Wie wird man einen Bundeskanzler los?

Meistens fand diese Prüfung im Hause des Innenministers statt. Aber einmal im Jahr gingen Bock und seine Kollegen auf Reisen und fragten an irgendeinem schönen Ort. Diesmal war es Meißen. Sie wohnten im Schloss Siebeneichen, wohin sie auch die Kandidaten bestellt hatten.

Diese Prüfungen waren nicht sehr schwer. Auf Reisen waren Bock und seine Kollegen noch gnädiger als in Bonn, schon weil sie sich für die Exkursionen am Nachmittag die Stimmung nicht durch Gewissensbisse belasten wollten. Dennoch passierte es diesmal schon am Mittwoch, dass einer durchfiel, und dummerweise war Joachim daran schuld. Dabei hatte er dem Prüfling extra eine besonders leichte Frage stellen wollen: „Sie betreten kurz vor Ostern ein Kaufhaus und lesen dort ‚Jede Frau, die heute für wenigstens 25 Mark einkauft, erhält fünf Ostereier gratis!‘ Sie fühlen sich als Mann diskriminiert, stellen den Geschäftsführer zur Rede und machen geltend, nach dem Gleichheitssatz des Artikels 3 des Grundgesetzes hätten auch Sie einen Anspruch auf die Ostereier. Was wird der rechtskundige Geschäftsführer Ihnen wohl erwidern?“ Die lebenskluge Antwort des Beamten: „Wenn ich der Geschäftsführer wäre, würde ich mir entgegnen: Regen Sie sich nicht auf! Vor Weihnachten machen wir wieder eine Aktion. Dann bekommt jeder Mann, der für 25 Mark einkauft, einen Weihnachtsmann aus Schokolade." Als Mensch und Mann war Joachim von dieser Lösung geradezu begeistert, als Jurist und Prüfer musste er den armen Kandidaten leider durchfallen lassen, zumal dieser auch noch bei anderen Fragen Schwächen zeigte.

Die Stimmung der Bundespersonalausschussprüfer war nach diesem misslungenen Vormittag leicht getrübt. Dr. Reich, der Vizepräsident der Behörde, deren Oberamtsräte sich diesmal dem Unterausschuss stellten, hatte für den Nachmittag ein vielversprechendes Programm entworfen: Porzellan-Manufaktur, danach Schloss Pillnitz, fünfzig Kilometer elbaufwärts, und am Abend Dresden mit Nabucco in der Semperoper.

Die ansonsten interessante Führung durch die Manufaktur litt darunter, dass alle Räume überheizt waren. Das schien ein Spezifikum der ehemaligen DDR zu sein. Schon bei der Hinfahrt im Zug war Joachim aufgefallen, dass das Abteil bis Fulda angenehm kühl gewesen, aber gleich nach Passieren der jetzt unsichtbaren früheren Grenze unangenehm warm geworden war. Joachims Verdacht: Der neue Zugchef, der hörbar aus Sachsen stammte, hatte die Heizung auf das in der Ex-DDR übliche Niveau aufgedreht.

Im Schloss Pillnitz hatte Vizepräsident Dr. Reich seinen großen Auftritt. Schon auf der Fahrt dorthin hatte er die Teilnehmer in alles Wissenswerte eingeführt, wobei Glanz und Elend der Gräfin Cosel, der Mätresse Augusts des Starken, die auf Schloss Pillnitz residiert hatte, eindeutig im Mittelpunkt standen. Dr. Reich wusste aber nicht nur alles über die Gräfin Cosel, nebenbei tauschte er sich mit dem Vorsitzenden des Prüfungsausschusses auch noch über Sizilien aus, von den Puniern über den Stauferkaiser Friedrich II. bis zum Mafia-Unwesen der italienischen

Neuzeit, wobei Dr. Reich zum Neidwesen Joachims auch noch einflocht, dass er fließend italienisch spreche. Joachim, der noch nie in Sizilien gewesen war und über die Gräfin Cosel gerade mal kurz zuvor einen Artikel in der FAZ gelesen hatte, kam sich den beiden Allwissenden gegenüber ausgesprochen ungebildet vor.

Im Schlosspark, der am Elbufer liegt und schöne Blicke auf die chinesisch anmutenden Schlossfassaden bietet, war es ein Baum, der Joachim am meisten beeindruckte, eine Kamelie. Freilich keine gewöhnliche Kamelie, sondern die größte Deutschlands, wenn nicht Europas, und über zweihundert Jahre alt. Im Jahre 1780, so stand es auf einer Schrift-Tafel, habe der sächsische Hof sie als Geschenk des britischen Königshauses erhalten, zusammen mit anderen drei Geschwisterpflänzchen aus den Royal Botanik Gardens. Die drei Geschwister seien von den sächsischen Hofgärtnern freundlicherweise an andere deutsche Hofgärtner weiterverschenkt worden, aber leider im Laufe der Jahrhunderte verstorben, an Unterkühlung, wie es hieß. Nur die anglo-sächsische Kamelie von Pillnitz stand nach wie vor achteinhalb Meter hoch und mit einem Kronendurchmesser von zwölf Metern im Schloss-Park, erfreute sich bester Gesundheit sowie neuerdings des besonderen Wohlwollens der reichen Wessis. Die hatten ihr nach der Vereinigung der beiden Teile Deutschlands eine Art Treibhaus aus Stahl und Glas spendiert, zwölfeckig, über dreizehn Meter hoch, mit einer Spannweite von vierzehn Metern und vierundfünfzig Tonnen schwer, das im Oktober wie ein Wintermantel schützend über die Kamelie geschoben wird. Eine computergesteuerte Warmwasserpumpe mit Befeuchtungs- und Schattierungsautomaten soll verhindern, dass sich die alte Dame im Winter erkältet. Nie fällt die Temperatur unter sechs Grad Celsius und die Luftfeuchtigkeit nicht unter sechzig Prozent. „Das ist mit Sicherheit der teuerste Wintermantel der Welt!“ rief Joachim dem Unterausschuss zu, und Dr. Reich schien sich zu wundern, dass der Kollege Bock auch einmal etwas beizusteuern wusste.

Abends dann Nabucco in der Semperoper. Festlich gekleidete Menschen strömten auf das Gebäude zu. Ein Bus fuhr vor, der, einer Tafel im Fenster zufolge, Vertreter des Zement-Verbandes, Fachgruppe Beton, beförderte. Auch diese Herren, dachte Joachim, die für den Aufbau Ost mit Sicherheit sehr wichtig waren, wollten eben einmal heraus aus dem grauen Alltag des Zements.

Joachim hatte Nabucco nie gesehen, er kannte nur den berühmten Chor der Gefangenen aus den Wunschkonzerten und einigermaßen den Gang der Handlung aus dem Opernführer. Das alles war verdammt lange her. Der Vorhang hob sich, und Joachim war erstaunt. Keine alten Hebräer mit wallenden Gewändern, schrillfarbige Damen in tief dekolletierten Abendkleidern und Herren im Smoking, die den Damen Sekt kredenzten. Die Abigail trug ein flammend rotes Kleid und rote Pumps, über dem Kleid einen offenen Trenchcoat, unter dem Kleid einen prächtig wogenden Busen, der Joachim bedauern ließ, sein neues Opernglas nicht dabei zu haben. Fenena, die andere Nabuccotochter, war eine mollige Person in einem dunklen Tarnanzug, der an die Fremdenlegion erinnerte. Auf dem tizianroten Haar trug sie ein Krätzchen, an den Füßen Fallschirmspringerstiefel und über der Schulter eine modische Tasche aus hellem Schweinsleder, wie sie Therese immer gesucht, aber nie gefunden hatte. Nur die Texte des Librettos waren doch die alten. Gesungen wurde natürlich italienisch; aber oben über der Bühne erschien die deutsche Übersetzung:

„Mein Leben kannst Du haben, aber nicht mein Herz!", las Joachim den Ismaele singen, während Abigail in ihrem attraktiven roten Kleid das offenherzige Bekenntnis ablegte: „Auch ich hatte einst mein Herz der Freude geöffnet."

Dann erschien Nabucco selbst auf einem Panzer und sah aus wie Reinhard Heydrich, umringt von einem SS-Sturmbann. Zunächst war nur das

Kanonenrohr durch das Bühnenbild in die Party hereingebrochen, dann folgte auf knirschenden Ketten das ganze schwarze Ungetüm. Als später die Not der Gefangenen am größten war, tanzte dazu der Hohe Priester Zaccaria mit Fenena Walzer.

Auf der Rückfahrt nach Schloss Siebeneichen war Vizepräsident Dr. Reich voll des Lobes über die gelungene Inszenierung. Dieser Modernismus verhindere, dass die Oper zum Museum werde. Joachim meinte nur: „Man kann auch alles übertreiben, sagen wir im Rheinland." Doch Dr. Reich hatte schon nicht mehr zugehört. Er kreuzte schon wieder mit dem ebenbürtigen Vorsitzenden die intellektuelle Klinge.

Joachim war froh, nach überlanger Bahnfahrt in der Nacht zum Samstag wieder in Bonn zu sein. Der Umgang mit Menschen, die viel wissen, dachte er, ist manchmal schön, wenn sie aber alles wissen wollen, strengt es an. Das Programm am nächsten Mittwochnachmittag, da war er sich sicher, würde mit weniger Anstrengung, auf jeden Fall aber mit mehr Befriedigung verbunden sein.

17. In einem Kibbuz fand Bock archetypische Beschäftigungen, und er konnte sich im Schussfeld ästhetisch engagieren

Zwei Themen beherrschen die Tischgespräche in deutschen Behördenkantinen: Auto und Urlaub. Daher kannte Bock inzwischen fast alle Automarken. Wobei die Japaner beim deutschen öffentlichen Dienst offenbar immer mehr in Mode kamen, weil sie einige Extras ohne Aufpreis boten. Der Umstand, etwas umsonst zu bekommen, scheint für den Menschen, und erst recht für den beamteten, besonders reizvoll zu sein. Joachim blieb trotzdem weiter seinem vierzehn Jahre alten Schweden treu, obwohl der häufig in die Werkstatt musste.

Viel interessanter als ‚Auto' fand Joachim das Thema Urlaub, bot es doch die Chance, beim Mittagessen so ziemlich alle Länder der Welt kennen zu lernen, ohne selber hinfahren zu müssen. Zum Beispiel Portugal. Kollege Kurt Lauber war im vorigen Sommer dort gewesen, Fly and Drive. Am letzten Urlaubstag hatten er und Elfie zum Abschied noch einmal kurz baden wollen. Auf freier Strecke hatten sie den voll gepackten Mietwagen auf der Straße über dem Meer geparkt und waren in Badehose und Bikini zum Meer hinabgestiegen und geschwommen. Vor ihren Augen hatten zwei mit einem Motorrad reisende Männer das Auto blitzschnell geöffnet und waren damit davongefahren. So hatten die Laubers halbnackt den nächsten Ort aufsuchen und sich von der deutschen Botschaft Geld und Papiere besorgen lassen müssen. Ihren Rückflug hatten sie verpasst, und der Urlaub hatte das Doppelte gekostet, aber Kurt Lauber hatte drei Monate lang zu erzählen.

Joachim fuhr seit fast zwanzig Jahren in die Schweiz und hatte nie daran gedacht, das zu ändern. Das Ferienhaus, in dem er jeden Sommer drei Wochen lang mit Therese glücklich gewesen war – und das sie natürlich auch für den kommenden Sommer schon gebucht hatten –, stand in Stugl, einem winzigen Dorf hoch über dem Albulatal, bestehend aus einem guten Dutzend Häusern, genauso vielen Einwohnern und einer Kapelle aus dem 15. Jahrhundert mit Holzschindeln auf dem Dach. Das ansehnliche Haus war im Engadiner Stil gebaut, mit einem großen Tor und einer guten Stube aus Arvenholz. Zu zweit war man in so einem altehrwürdigen Gemäuer in der Abgeschiedenheit der Berge gut aufgehoben, aber allein? Schon der Gedanke an die dunkle Schlafkammer unter dem weit überstehenden Dach stimmte Joachim trübselig. Schweren Herzens bestellte er das Quartier ab.

Damit aber war das Urlaubs-Problem noch nicht gelöst. Krista Hansen, das stand fest, kam als Begleiterin nicht in Frage; sie würde mit Maximilian und den Kindern vier Wochen auf Sylt sein. Erstmals seit vielen Jahren sah er sich deshalb gezwungen, mit sich allein etwas anzufangen, und da er darin ungeübt war, bereitete es ihm Verlegenheit. Er war kein Typ für Gruppenreisen, und am Alleinreisen störte ihn, dass man niemanden hatte, die Erlebnisse, ob schön ob ärgerlich, im Bereden gleichsam abzuheften, so dass es seine Ordnung hatte.

Fast war er schon so weit, gar nicht zu verreisen, sondern nur große Waldspaziergänge mit der Hündin Basti zu unternehmen, da nahm sich Tochter Charlotte seiner an. Sie lud ihn ein, mit ihr und Christoph in die Türkei zu fahren. Sie wollten wie im Jahr davor in einem Club in Fethiye in der Sonne liegen und sich dort ordentlich animieren lassen: zum Tauchen, zum Wasserskifahren, zum Bauchtanzen und zu nächtlichen Konzerten in einem hellenistischen Amphitheater. Joachim war gerührt über die Fürsorge seiner Tochter, doch auch verschreckt. Sein und ihr Geschmack in Urlaubsfragen waren so verschieden, dass sich größere Gegensätze kaum denken ließen. Er suchte die Einsamkeit und Ruhe, sie Menschen und Betrieb. Er hatte es nicht gern zu heiß und wollte sich bewegen, sie lag am liebsten in der Sonne und ging möglichst keinen Schritt zu Fuß. Ihm fiel ein, was sie über ihren letzten Osterurlaub in Meran berichtet hatte. In den Abendstunden hatte sie das Hotel mit seinen nicht mehr jungen Gästen eine Woche lang auf Trab gebracht. Selbst die Ältesten hatten wieder einmal getanzt, und Charlotte hatte allabendlich kurz vor Mitternacht die Polonaise angeführt. Der Alkoholkonsum war auf diese Weise so gestiegen, dass der Hotelier ihr angeboten hatte, im nächsten Jahr umsonst bei ihm zu wohnen; der Zugewinn aus den Getränken würde ihn vollauf schadlos halten.

Mit einem Wort, Charlottes Urlaub ähnelte immer einem längeren Besuch auf einem Rummelplatz, und deshalb war ihm mit Fethiye nicht geholfen. Aber wie wäre es, wenn er eine Reise wiederholte, die er vor vielen Jahren als Student schon einmal unternommen hatte? Kurz entschlossen meldete er sich in Israel in dem Kibbuz Gesher Haziv an, der im Norden gleich an der Grenze zum Libanon liegt. Die Arbeit dort würde seinen Tagen eine heilsame Ordnung geben und ihn das Alleinsein nicht so spüren lassen.

Als Joachim aus der kühlen Halle des Flughafens Tel Aviv in die Hitze trat, stand dort ein Mann in schwarzer Lederjacke mit einem Schild, auf dem sein Name Bock stand. Der Mann hieß Ivan, war ein russischer Jude und vor zwei Jahren nach Israel ausgewandert. Er sprach gut jiddisch, schlecht hebräisch und noch schlechter englisch. Aber er war herzlich, und deshalb konnte sich Joachim auch ohne fest umrissene Sprache gut mit ihm verständigen. Noemi, die Betreuerin der Gäste im Kibbuz, hatte Ivan, der in Russland Lastwagen gefahren hatte und jetzt ein eigenes Taxi besaß, zum Flughafen bestellt.

Zehn Kilometer hinter Haifa klingelte in Ivans Taxi das Autotelefon. Es war Noemi, die Joachim gut gelaunt begrüßte, in einem Badisch, als ob er auf dem Weg in den Schwarzwald wäre. „Ihr seid jetzt g´schwind bei uns“, sagte sie zum Schluss und: „Shalom Shabbat“; denn es war Freitagabend. Ihre Eltern waren noch vor der Nazizeit aus Karlsruhe nach Israel ausgewandert und hatten sich, wie die meisten Jekkes, mit dem Hebräischen zeitlebens schwergetan. Daher sprach Tochter Noemi bestes Badisch, obwohl sie nie im Badischen gewesen war.

Joachim hatte Zimmerim gewählt. Das heißt, er wohnte in einer der neuen, aus Beton gebauten Wohnungen und aß gemeinsam mit allen Kibbuzbewohnern im Casino. Wenn der Kibbuz vom nahen Libanon aus mit Raketen beschossen werde, beruhigte ihn Noemi, könne er unbesorgt in seinem Zimmer bleiben; Wände und Dach seien so stark wie bei einem Bunker. Von der Stärke des Fensters, das zum Norden ging, sagte sie nichts. Es hatte, wie Joachim leicht beunruhigt registrierte, ganz normales Fensterglas.

Beim Abendessen im großen Speisesaal stellte Joachim zu seiner Überraschung fest, dass er der einzige Mann unter lauter Frauen war. Seit die Zeitschrift BRIGITTE vor einem Jahr über Gesher Haziv berichtet hatte, zog der Kibbuz offenbar alleinstehende Frauen an. Zur Zeit waren es acht, die jüngste etwa dreißig, die älteste über achtzig, sieben aus Deutschland und eine aus England, und die hieß Jessica. Man hätte meinen können, Joachim wäre in einem solchen Kreise ganz natürlich die Rolle des Hahns im Korb zugefallen, so war es aber nicht. Die meisten Damen, so stellte sich heraus, lebten in Beziehungs-Krisen und erblickten in der Begegnung mit einem Mann ein Ärgernis. Joachim fühlte sich wie ein Schnitzel auf dem Teller eines Vegetariers, genauer gesagt, einer Vegetarierin. Zum Glück gab es die alte Anna.

Anna war die Mutter eines Pfarrers und kam seit vielen Jahren immer wieder mit der Bibel in der Tasche zum Kibbuz. Das Jahr über sammelte sie Geld in ihrer Pfarre und brachte es eigenhändig in einem großen braunen Umschlag in ein Heim am See Genezareth, wo gebrechliche Überlebende des Holocaust gepflegt wurden. Auch Jessica wirkte ganz normal, außerdem fiel sie Joachim angenehm durch ihren britischen Humor auf. Sie war etwa fünfzig, hatte eine Vorliebe für die Farbe Rot, auffällig attraktive Fingernägel, aber leider nur sehr wenig Busen.

Am Sonntag um acht, arbeitszeitlich gleichbedeutend mit Montag um acht, begann für Joachim die Arbeit. Es war nicht leicht gewesen, eine passende Beschäftigung für ihn zu finden. Wie selbstverständlich hatte er immer an eine Mithilfe in der Landwirtschaft gedacht. Aber bei den Avocados und Bananen war in jenen Wochen nichts zu tun als mit Gift zu spritzen, und das mit Schutzhelmen bei fünfunddreißig Grad im Schatten. Dazu verspürte Joachim nicht die geringste Neigung. Auch die Arbeit in der Truthahnfarm war für einen Tierfreund wie ihn mit der Gefahr einer Depression verbunden. Die Tiere standen gepfercht auf engstem Raum, ihre Nahrung erhielten sie in Breiform durch ein Rohrsystem, und damit sie sich nicht in Panik gegenseitig massakrieren konnten, hatte man ihnen die Schnabelspitzen abgesägt. Das war eine Art von Landwirtschaft, an der sich Joachim nicht mitschuldig machen wollte.

Zum Glück hatte er noch am Sabbat Nir kennengelernt, der in gutem Deutsch Joachims Frauengruppe angesprochen hatte. Da er klein und schmächtig, zudem noch Pazifist und anscheinend homosexuell war, fühlten sich die traumatisierten Damen nicht bedroht, sie machten ihm sogar, freilich vergebliche, Avancen.

Weil Nir den Militärdienst mit der Waffe verweigert hatte, war er zum Ersatzdienst in den Kibbuz abgeordnet worden. Gärtnerische Arbeiten sollte er hier verrichten; aber die Armee hatte ihn auch dabei eingeholt. Denn Nirs Gartenarbeit bestand darin, in dem breiten Schussfeld außerhalb der mit Stacheldrahtrollen gesicherten Umzäunung die Büsche abzusägen und so den Wachsoldaten wieder freie Sicht zu schaffen. Als Joachim davon hörte, kam ihm eine Idee für seinen Arbeitseinsatz. Schon bei der Anfahrt mit dem Taxi hatte ihn gestört, dass sich auf dem Grünstreifen jenseits des Grenzzauns Unrat in ungeheurer Menge ausgebreitet hatte, wie wenn das Land in dem halben Jahrhundert seit der Gründung des Kibbuzes noch nie gesäubert worden wäre. Die Sicherheitskräfte hatten sich durch die leeren Flaschen und Plastiktüten offenbar nicht gestört gefühlt. Umso heftiger verspürte Joachim plötzlich das dringende Bedürfnis, all diesen Unrat einzusammeln und so das Schussfeld auch ästhetisch zu befreien. Noemi war einverstanden, auch wenn ihr Lächeln, als er sich von ihr Handschuhe und Säcke geben ließ, etwas spöttisch ausgefallen war, was aber seine Unternehmungslust nicht beeinträchtigte.

Fünf Tage dauerte Joachims Säuberungsaktion. So lange auch deshalb, weil er immer wieder längere Pausen machte, um sich mit Nir zu unterhalten, der gerne redete und an den Tagen davor unter der Einsamkeit im Schussfeld mehr gelitten hatte als unter der sengenden Hitze. Viele große blaue Plastiksäcke füllte er mit leeren Flaschen und Getränkedosen, Plastiktüten aller Art in allen Farben, Zeitungsblättern und Prospekten, leeren Papiersäcken, die einmal Zement, Putenfutter oder Ähnliches beherbergt haben mochten, Kaugummipapierchen, Papiertaschentüchern, Styropor in vielen Varianten und Brechungsformen und anderem Verpackungsmaterial, bis hin zu zwanzig Präservativen, die er, in gebrauchtem Zustand, hinter einem Busch fand, den Nir noch abzusägen hatte.

Noemi hatte in ihrer einfühlsamen Klugheit schnell begriffen, mit welcher Art von Beschäftigung man Joachim eine Freude machen konnte, und arrangierte danach etwas Neues. Abgelegen im hinteren Teil des Kibbuzgeländes gab es ein Stück Land, das lag da wie zu Bibels Zeiten, eine Art Wüste mit viel Steinen und robusten Pflanzen, die es geschafft hatten, Jahrtausende ohne fremde Hilfe zu überleben. Früher hatten dort die Kinder des Kibbuz gezeltet und gespielt; doch seit mit Fernsehen, Schwimmbad, Turnhalle und Pony-Wiese der Wohlstand auch bis Gesher Haziv gekommen war, hatten die Kinder anderen Zeitvertreib. Erstmalig wohl seit der Erschaffung der Welt sollte dieses Land urbar gemacht und in ein Baumwollfeld verwandelt werden, und Joachim sollte bei diesem Jahrtausendwerk maßgeblich mitwirken. Seine Arbeit sollte es sein, die größten Steine aufzuheben und an den Rändern zu Wällen aufzuschichten. Er war von der Idee begeistert. „Wo sonst", jubelte er in sich hinein, „findet man heute noch eine Arbeit so archaisch wie aus jenen Urzeiten, da der Mensch zum ersten Mal den Acker baute?" Unermüdlich schleppte er die schweren Steine, die schon am späten Vormittag so heiß in der Sonne lagen, dass er sie nur noch mit Handschuhen anzufassen wagte. Er dachte an seinen Urgroßvater auf den Jülicher Rübenäckern und genoss es, seinen Ahnen wenigsten für ein paar Stunden Jahrtausende voraus zu sein.

Drei Tage dauerte Joachims Glück in der Rolle des antiken Ackerbauers, nur unterbrochen durch gelegentliche Schwätzchen mit Nir, der jenseits des Zauns noch immer Sträucher sägte. Dann fiel er, genau nachmittags um drei, bewusstlos um und wachte erst eine Stunde später in der Krankenstube wieder auf, unter einem Ventilator mit einem Eisbeutel auf dem Kopf. Nir hielt seine Hand. Trotz langer Hosen, langer Ärmel und einer Mütze auf dem Kopf hatte ein Hitzschlag ihn getroffen. Er war eben doch kein Ackerbauer, jedenfalls keiner, der für Galiläa taugte.

Am Abend brachten sie ihn in sein Zimmer, wo er einige Tage ruhig liegen sollte. Er war schon eingeschlafen, als es klopfte. In der Dämmerung sah er Jessica an sein Bett treten und lächeln. Sie servierte ihm Früchtetee. Er setzte sich auf, lächelte zurück und trank mit ihr den Tee. Dabei saß sie auf dem zweiten, unbenutzten Bett, nur einen halben Meter von ihm entfernt, und trotz der anbrechenden Dunkelheit sah er noch das viele Rot an ihr, Haare, T-Shirt, Shorts und Schuhe, aber so unterschiedlich rot, dass nichts zusammen passte. Das Verrückteste waren ihre Fingernägel, spanischrot und so wohlgeformt, dass er wie gebannt immer wieder auf sie starren musste, während sie um das Teeglas spielten. Etwas später, als sie eine Zeit lang lässig-laszív auf dem nackten Knie ruhten, gab er einem plötzlichen Verlangen nach und küsste Jessica.

Eine Woche später war sie schon sieben Tage seine Geliebte. Ihr Körper war der einer Marathonläuferin; und was ihm die winzigen Brüste schuldig blieben, machten die roten Fingernägel beinahe wett. Es schien ihm fast, als hätten sich ihre Hände, der Not gehorchend, in sekundäre Geschlechtsmerkmale verwandelt. Auch ihr Parfum erregte ihn. Es hätte einer Flamencotänzerin gut angestanden. Zu Jessicas Leibarmut und geringem Temperament passte es zwar nicht. Aber, wenn nachts durch das offene Fenster von den Ställen her der Geruch der Exkremente von hunderttausend Putern zu ihnen drang, zog Joachim die schlafende Jessica zu sich heran, vergrub sein Gesicht in ihr rotes Haar und genoss den aufreizenden Duft ihres Flamenco-Nackens.

Als Joachim vom Kibbuz Abschied nahm, hatte er drei Wochen harter Arbeit hinter sich. Denn das, was er nach seiner Schwäche im wüsten Feld Abend für Abend und noch einmal im Morgengrauen mit Jessica getrieben hatte, war ihm zum Schluss auch wie eine Art von Arbeit vorgekommen, die er in dieser Pausenlosigkeit nicht mehr lange durchgehalten hätte. Womöglich war Jessica wirklich einmal Marathon gelaufen, er hatte sie nicht danach gefragt.

Gleich nach der Landung auf dem Flughafen Köln/Bonn rief Joachim Krista Hansen an, und sie feierten das Wiedersehen im Meisenweg im Arbeitszimmer. Dabei schien es Krista, als sei Joachims Liebeshunger nach der langen Trennung nicht so groß, wie sie erwartet hatte. Sie schrieb es dem Klimawechsel zu. Joachim berichtete von seiner Arbeit im Kibbuz. Aber die Nachtarbeit mit Jessica ließ er dabei weg. Erst jetzt beim Wiedersehen wurde ihm bewusst, wie vertraut ihm Krista schon geworden war und wie sehr er schon zu ihr gehörte.

18. Wie die Europäische Kommission die Apfelbäume ermorden ließ und wie der Mannheimer Professor schon wieder einen Witz erzählte

Nächsten Montag standen Anhörungen zur Kartellnovelle an. Um zehn Uhr sollte der Präsident des Kartellamtes noch einmal das sagen, was schon alle Eingeweihten wussten, dass er nämlich von der Europäisierung des Kartellrechts nicht viel hielt. Für vierzehn Uhr waren die Professoren eingeladen. Da die alle gerne redeten, hatte man ihren Termin absichtlich auf den Nachmittag gelegt, in der Hoffnung, dass wenigstens der Abend ihrem Wortschwall eine natürliche Grenze setzen würde.

Obwohl Kartellrechts-Referent und als einziger im Ministerium fachlich dazu in der Lage, durfte Joachim Bock das Dienstgespräch mit dem Kartellamts-Präsidenten nicht selber führen. Das Protokoll verlangte einen Höherrangigen. Der Präsident wurde nach Besoldungsgruppe B 8 bezahlt, Bock nur nach B 3. Die ungeschriebenen Regel, auch Kleiderordnung genannt, schrieb vor, dass der Präsident von einem Gleichrangigen im Ministerium angehört wurde, also mindestens vom Unterabteilungsleiter (B 6), besser noch vom Abteilungsleiter (B 9).

Der Abteilungsleiter schied aus, weil er erst vor ein paar Monaten aus der F.D.P-Fraktion des Bundestags ins Ministerium gehievt worden war und vom Kartellrecht keine Ahnung hatte. So musste UAL-Stimpel ran, der zwar auch nicht viel von der Sache verstand, den Joachim aber bestens präpariert hatte, was in diesem Fall nicht schwer gewesen war, weil, wie gesagt, ja längst bekannt war, was der Präsident sagen würde, nämlich, dass er gegen die Novelle war.

Unterabteilungsleiter Stimpel saß jetzt auf dem Posten, auf dem der Präsident bis vor zwei Jahren gesessen hatte. Dieser hatte sein Leben dem

Kartellrecht gewidmet und verachtete deshalb Stimpel, weil dem das Wettbewerbsrecht ziemlich egal war. Dass Stimpel ein netter Mensch mit einer schönen Seele war, zählte für den Präsidenten nicht; abgesehen davon, dass er es nicht einmal bemerkt hätte, weil ihm dafür das Gespür abging. Bock, der früher einmal Hilfsreferent des Präsidenten gewesen war, wurde von ihm zwar fachlich ernst genommen, war ihm aber, weil immer noch bloßer Ministerialrat, vom Rang her nicht ebenbürtig. Für Leute wie den Präsidenten spielte es keine Rolle, ob einen fähigen Mitarbeiter am Ausbleiben der Karriere persönlich ein Verschulden trifft oder nicht. Im Beruf, so denken sie, geht es nun einmal nicht zu wie im Strafrecht oder in der Kirche. Ab einem bestimmten Dienstalter ist der Beamte für sein Fortkommen selbst verantwortlich; hier gilt das Prinzip der Zustandshaftung, bei der nun mal die Schuldfrage keine Rolle spielt.

Die Anhörung des Präsidenten fand in dessen ehemaligem Dienstzimmer statt, und seine ehemalige Sekretärin servierte den Kaffee. Sie war der einzige Mensch im ganzen Ministerium, den er mochte, und umgekehrt.

Äußerlich ging es freundlich zu, in der Sache aber kam man sich nicht näher. Der Präsident dozierte: Wettbewerbspolitisch fehle der Novelle der Gegner. Denn bei der Anpassung an das ‚Referenzmodell Europa' wolle man doch eigentlich nichts ändern. Warum sollten wir uns europäisieren? Nur um der Wortgleichheit willen? Was bringe uns eine solche Soft-Harmonisierung? Das ‚Referenzmodell Europa' sei nur ein Schlagwort wie ‚Strategische Allianz' oder ‚Globalisierung', griffig, aber nur dazu verführend, nicht weiter nachzudenken.

Ganz schön frech, dachte Joachim; doch Werner Stimpel lächelte geduldig. Er wusste, dass der Minister längst entschieden hatte. Warum sollte er sich noch die Mühe machen, die Kritik zurückzuweisen und den Entwurf des Hauses zu verteidigen. Ihm schien mehr daran zu liegen, die Mittagspause pünktlich zu beginnen. Wahrscheinlich musste er auch wieder eines seiner Kinder von der Schule abholen oder zur Ballettstunde fahren. Deshalb ließ er den Präsidenten reden und bedankte sich am Schluss sogar noch ausdrücklich für dessen kritische Bemerkungen. „Wir stellen uns gern derart sachkundiger Kritik", sagte er mit einer Mischung aus Pathos und Ironie „hebt sie doch die Qualität der Gesetze, die wir machen." In Wirklichkeit dachte er: „Zum Glück geht dieser arrogante Kerl nächstes Jahr in den Ruhestand, und Gott sei Dank ist in fünf Minuten Mittag."

Als sich die Herren zwei Minuten vor Mittag überfreundlich voneinander verabschiedet hatten, trat genau das ein, was Bock vermutet hatte: Werner Stimpel kam nicht mit ins Casino. Eines der Kinder sei erkältet. Joachim musste trotzdem nicht allein essen. Er entdeckte Kurt Lauber aus der Europarechtsabteilung, der Schnitzel mit Pommes frites aß. Wegen der großen Nachfrage gab es dreimal in der Woche Schnitzel mit Pommes frites, und Kurt Lauber aß es jedes Mal.

„Weißt Du eigentlich, warum es bei uns nur noch so wenig hochstämmige Apfelbäume gibt?" eröffnete Lauber das Gespräch. Wie alle im Hause wusste er von Joachims großer Liebe zu den Streuobstwiesen, seitdem dieser letzten Herbst im Ministerium den Apfelsaft des Vereins verkauft hatte.

„Nun", antwortete Joachim brav „die meisten Streuobstwiesen stammen aus den 20er Jahren, und weil die Bäume nicht gepflegt wurden, sind sie eben krank geworden und gestorben. So geht es mit den Menschen, und so geht es auch mit den Bäumen."

„Lieber Obstfreund", lächelte Lauber, und freute sich sichtlich, dass er etwas besser wusste, „die allermeisten Apfelbäume sind keineswegs an

Altersschwäche oder Krankheit verschieden, sie sind ermordet worden. Das Europarecht oder richtiger die Europäische Kommission hat sie auf dem Gewissen."

„Wie kommst Du denn da drauf?" fragte Bock verwundert.

„Die Europäische Kommission hat Anfang der 70er Jahre die Liquidierung der Apfelbäume befohlen wie vor 2000 Jahren der König Herodes die Tötung der Knaben von Bethlehem. Und die Bauern haben diese Morde willig ausgeführt, weil sie für jeden umgelegten Apfelbaum eine Kopfprämie kassieren konnten."

Joachim sah Lauber verständnislos an. „Schau", setzte der nach, „1969 gab es eine Apfelschwemme, weil die neu entstandenen Plantagen mit ihren nur mannshohen Bäumchen kräftig trugen. Damals hatte die EG-Kommission die grandiose Idee, die großen Bäume fällen zu lassen, um das Angebot zu reduzieren. Der Ministerrat beschloss es so, und das war der Tod der Apfelbäume."

Eigentlich wäre das Tischgespräch an dieser Stelle zu Ende gewesen. Denn bei den letzten Worten standen Bock und Lauber mit ihren Tabletts schon vor dem Fließband, mit dem das Geschirr in die Unterwelt befördert wurde. Da schlug Lauber vor: „Komm doch auf einen Sprung mit in die Bibliothek, ich hab' das Amtsblatt der EG mit einem Griff, dann kannst Du es selber lesen." Und Joachim las:

VERORDNUNG (EWG) Nr.2517/69 DES RATES
vom 9. Dezember 1969
zur Festlegung einiger Maßnahmen zur Sanierung der Obsterzeugung in der Gemeinschaft

DER RAT DER EUROPÄISCHEN GEMEINSCHAFTEN –

gestützt auf den Vertrag zur Gründung der Europäischen Wirtschaftsgemeinschaft, insbesondere auf die Artikel 42 und 43,

auf Vorschlag der Kommission,

nach Stellungsnahme des Europäischen Parlaments,

in Erwägung nachstehender Gründe:

Auf den Gemeinschaftsmärkten für Äpfel, Birnen und Pfirsiche besteht ein gewisses quantitatives und qualitatives Missverhältnis zwischen Angebot und Nachfrage. Diese mangelnde Anpassung ist vor allem darauf zurückzuführen, dass alte Obstplantagen neben den neuangelegten weiterbestehen und dass in einer Reihe von Fällen bestimmte Mengen von Gemeinschaftserzeugnissen sortenmäßig nicht der Nachfrage entsprechen.

Die Maßnahmen zur Marktstabilisierung sind nicht geeignet, derartigen Schwierigkeiten abzuhelfen. Es sind daher Maßnahmen zu treffen, um das Produktionspotential zu beeinflussen und es soweit wie möglich den derzeitigen und voraussichtlichen Absatzmöglichkeiten für Gemeinschaftserzeugnisse anzupassen.

Um eine solche Aktion in die Wege zu leiten, sind Anreize für die Erzeuger zu schaffen, ihre Produktion der drei genannten Obstarten ganz oder teilweise aufzugeben. Zu diesem Zweck ist es angezeigt, dass die Mitgliedstaaten Prämien an die Erzeuger zahlen, die sich bereit erklären, ihre Obstplantagen ganz oder teilweise zu roden, und sich außerdem verpflichten, im Rahmen ihres Betriebes während eines bestimmten Zeitraums keine Neupflanzungen vorzunehmen. Die Prämie muss so festgesetzt werden, dass insbesondere den Kosten der Rodung Rechnung getragen wird.

Maßnahmen zur Einschränkung des Produktionspotentials können nicht ihr Ziel erreichen, wenn man andererseits Maßnahmen ergreifen würde, mit Hilfe staatlicher Beihilfen die Anlage oder die Erneuerung von Apfel-, Birnen- und Pfirsichpflanzungen zu fördern. Diese Beihilfen müssen daher unbeschadet gewisser Übergangsbestimmungen als grundsätzlich unvereinbar mit der gemeinsamen Marktorganisation für Obst und Gemüse erklärt werden.

Um die ordnungsgemäße Anwendung des Prämiensystems zu gewährleisten, ist es angezeigt vorzusehen, dass die einzelstaatlichen Beihilfen, mit denen ähnliche Ziele wie mit diesem System verfolgt werden, nur gewährt werden dürfen, wenn die Anträge vor dem Inkrafttreten dieser Verordnung gestellt worden sind.

Es ist angezeigt, die Ausgaben für die Rodeprämien gemeinschaftlich zu finanzieren –

HAT FOLGENDE VERORDNUNG ERLASSEN:

Artikel 1

Den Landwirten der Gemeinschaft, die Obsterzeuger sind, wird auf Antrag unter den nachstehend festgelegten Bedingungen eine Prämie für das Roden von Apfel-, Birn- und Pfirsichbäumen gezahlt.

Die Bedingungen für die Gewährung dieser Prämie, insbesondere in bezug auf die Mindestanzahl der Bäume und deren Alter, werden nach dem Verfahren des Artikels 13 der Verordnung Nr. 23 über die schrittweise Errichtung einer gemeinsamen Marktorganisation für Obst und Gemüse festgelegt.

Artikel 2

(1) Die Anträge auf Gewährung der Prämien sind vor dem 1. März 1971 zu stellen.

(2) Die Gewährung der Prämie ist davon abhängig, dass der Empfänger sich unter anderem schriftlich verpflichtet,

a) die Apfel-, Birn- und Pfirsichbäume, für die die Prämie beantragt wird, vor dem 1. März 1973 zu roden;
b) für einen nach der Rodung beginnenden Zeitraum von fünf Jahren im Rahmen seines Betriebs auf die Anlage neuer Apfel-, Birnen- und Pfirsichpflanzungen zu verzichten."

Weiter las Joachim nicht, obwohl noch acht Artikel folgten. Er war erschüttert. Als der letzte Bauer am Ortsrand von Bad Godesberg Anfang der 70er Jahre alle Obstbäume auf seinen Wiesen gefällt und in einem Riesenfeuer verbrannt hatte, war er über die Freveltat dieses gemeingefährlichen Barbaren, wie er damals meinte, so empört gewesen, dass er den Mann seitdem nicht mehr grüßte. Dabei hatte sich der Bauer, wie jetzt feststand, ganz korrekt verhalten und nur das getan, was der Europäische Rat unter seinem damaligen Präsidenten Lardinois von ihm erwartet hatte.

Nach einer Schweigeminute zum Gedenken an die Millionen Toten fand als erster Kurt Lauber wieder Worte: „Man musste damals wenigstens 25 Halb- oder Hochstämme zur Opferung anmelden, sonst gab es keine Prämie. 1800 Mark für den Hektar wurden zunächst gezahlt, später 3000

Mark, das sind 18 oder später 29 Mark pro Baum. Allein im Weser-Ems-Gebiet, wo ich herkomme, sind 22000 Hoch- und Halbstämme abgeschlachtet worden. Heute wissen wir, dass die Aktion völlig nutzlos war, das Abholzen der vielen Tausend Bäume hat den Markt nicht im geringsten entlastet. Von den Hochstämmen hat doch schon damals kaum noch jemand Äpfel pflücken lassen."

Gern hätte Joachim seiner Wut über die Brüsseler Baummörder Luft gemacht, doch er musste sich beeilen, in zehn Minuten begann die Anhörung der Professoren.

Ein Dutzend Hochschullehrer, einer eitler und missgünstiger als der andere, sollte seine Meinung zum Kartellrecht sagen, und das taten sie denn auch, aber nicht etwa wie normale Menschen geradeheraus, sondern derart verschraubt und gewunden, voll historischer Prologe und intellektueller Pirouetten, komplizierter Verschachtelungen und rhetorischer Girlanden, dass es Joachim wieder mal grauste.

Selbst der obligatorische Eingangswitz des notorisch eingangswitzigen Mannheimer Professors vermochte ihn nicht mehr zu erheitern: Unter dem Alten Fritz sei ein mecklenburgischer Pastor einst wegen Wilderei angeklagt worden. Er habe mit seiner Frau im Garten gesessen. Da sei ein Hase vorbeigehoppelt, und die Frau Pastorin habe ihn mit ihrem breiten Rock gefangen. Und da habe der Alte Fritz entschieden, dem Pastor könne das Jagdrecht in den Röcken seiner Frau nicht verwehrt werden. Niemand lachte.

19. Joachim Bock sorgt sich um Krista Hansens linken Busen, bleibt aber für die Liebe unzulänglich

Über ein halbes Jahr lang trank Joachim nun schon Mittwoch für Mittwoch mit Krista Hansen Tee, aber er wusste noch immer nicht, ob er sie liebte; und Krista wusste nicht so recht, was sie von ihm halten sollte. Wenn man nicht weiß, ob man liebt, dachte Joachim, dann liebt man nicht; und wenn man nicht weiß, was man von einem anderen zu halten hat, dachte Krista, dann hat das nichts Gutes zu bedeuten. Und beide hatten recht.

Joachim liebte Krista *noch* nicht, genauer, er liebte sie noch nicht *genug*. Denn bei der Liebe, so hätte man ihm erklären müssen, geht es nicht nur um das Wie, sondern immer und vor allem auch um das Wie viel, und seine Liebe zu Krista hatte noch nicht die nötige Menge. Woran das lag, ließ sich nicht mit einem Satz sagen. Erstens sicher an Therese, die in ihm noch so lebendig wohnte, dass für eine Nachfolgerin nur wenig Platz war. Zum Zweiten an Maximilian Hansen und der Vase in dem englischen Roman. Woche für Woche tat Joachim unerlaubterweise genau das, was der adelige Eigentümer des Gefäßes so entschieden verurteilt hatte. Und die Vase einfach mitzunehmen, dazu war Joachim nicht dreist genug.

Ganz im Gegenteil, in seinen persönlichen Angelegenheiten war er ein Zauderer, der in Gedanken zwar zu vielem fähig war, in der Wirklichkeit aber den Dingen lieber ihren Lauf ließ. Weniger aus Angst vor schicksalhaft abrupten Veränderungen, mehr aus Scheu, lebensverändernde Neuerungen durch eigenen Entschluss und eigenes Handeln selbst ins Werk zu setzen. Er ahnte, dass Krista mit dem Status einer Geliebten nicht zufrieden war und einen ernsthaften Antrag von ihm erwartete, doch er beließ es lieber bei den gemeinsamen Mittwochnachmittagen.

Dabei wusste Krista nicht einmal, wie sie auf einen Heiratsantrag reagiert hätte. Wenn sie es recht bedachte, hätte sie ihn wohl abgelehnt. Obwohl sie Maximilian nicht mehr richtig liebte, fühlte sie sich doch für ihn verantwortlich, und schon um der Kinder willen hatte sie keine Neigung, aus ihrer Ehe förmlich auszubrechen. Aber Joachim hatte sie ganz zu lieben, und er hatte diesen Antrag zu stellen, das verlangten ihre Würde und der Anstand. Ihr allein kam es zu, dann darüber zu entscheiden und den Antrag abzulehnen.

Sie hätte Joachim zur Rede stellen können; aber dazu war sie nicht in der Lage. Im allgemeinen hatte sie genügend Selbstbewusstsein und redete frei und unbekümmert über alles; wenn es aber um ihre innersten Angelegenheiten ging, blieb sie stumm, eine Hemmung, die sie sich selber nicht erklären konnte. Statt zu reden, riss sie dann ihre Augen weit auf wie ein Reitpferd, das vor einer Hürde scheut.

Am meisten verletzte sie, dass er sich nicht für ihren Beruf und ihre Lebensumstände interessierte. Immer wenn sie anfing, davon zu erzählen, streichelte er nur ihre Brüste und versuchte, dem Gespräch eine andere Wendung zu geben. Krista beschloss, diesen ihr unerträglichen Zustand zu beenden. Nach einer dieser liebevoll-lieblosen Umarmungen stand sie plötzlich auf, zog sich rasch an und ging zur Haustür. „Was hast Du denn", hörte sie Joachim noch sagen. „Nichts", erwiderte sie trotzig und zog die Tür von außen zu.

Doch Joachim ließ nicht locker. Er wusste recht gut, woran sie litt, und nahm sich vor, künftig mehr auf sie einzugehen und zu versuchen, sie ganz zu lieben und nicht nur ihre Brüste. Tatsächlich gelang es ihm, sie umzustimmen, und als sie nächsten Mittwoch nach der Versöhnung beieinander lagen, fragte er sie: „Hör mal, Du kommst aus Hamburg, und ich weiß so gut wie nichts über diese Stadt. Wie ist es denn da so?" Trotz des Dämmerlichts sah er deutlich, wie ihr Gesicht zu strahlen begann, und er hörte, wie ihre Stimme sich begeisterte: „Hamburg ist die schönste Stadt der Welt! Sie hat einen wunderbaren weiten Himmel von kaltem Blau, der höher ist als in anderen Städten. Immer geht eine leichte Brise; nie steht die Luft in Hamburg. Man atmet frei, und überall ist Grün und Wasser. Wir haben nicht nur die Elbe, auch die Alster, die bildet mitten in der Stadt einen großen See. Sitzt man an einem Sommerabend bei Bobby Reich auf dem Steg, riecht das Wasser ein bisschen molchig, und man hört das leise Schlabbern kleiner Wellen. Die Wanten klatschen gegen die Maste der Segelboote. Tausende Lichter liegen auf der Alster. Es ist einfach herrlich! Ich habe so Sehnsucht nach Hamburg."

Er hörte, wie ihre Stimme ein wenig brach, wie wenn sie gegen Tränen ankämpfte. Nach einer Pause sagte sie: „Immer wenn ich nach Hamburg fahre, fange ich auf den Elbbrücken an zu singen: ‚Stadt Hamburg an der Elbe Auen', und dann weiß ich, dass ich zu Hause bin. Es ist wirklich völlig verrückt, aber ich habe immer noch Heimweh." Sie machte wieder eine Pause und fuhr dann fort: „Die Menschen in Hamburg sind anders als die hier in Bonn. Sie sind zuverlässig. Man schließt mit ihnen nicht so schnell Freundschaft; aber wenn man das geschafft hat, dann hält es ewig. Bei uns sind die Menschen nicht so unverbindlich." Der Seitenblick auf Joachim saß, doch der hatte mit geschlossenen Augen wieder einmal mehr ihrer Stimme als ihren Worten gelauscht.

Als Krista aufgehört hatte zu sprechen, öffnete er einen Spalt breit seine Augen und erblickte als erstes eine von Kristas Brüsten, es war die linke. Sie schaute ihn an und wirkte, so ohne jegliche Halterung, hilfsbedürftig wie ein großer Käfer auf dem Rücken. „Das Schlimmste, was einem großen Busen passieren kann", dachte Joachim voller Mitgefühl, „ist die Rückenlage seiner Eigentümerin. Kleine Brüste haben es da leichter, sie verschwinden einfach und warten auf bessere Lagen."

Kristas großer linker Busen dagegen wusste einfach nicht, wo er mit seiner Fülle bleiben sollte, ob er sich ganz in die Breite oder nur zu Joachim hin lagern sollte. So tat er wackelpeterig von beidem etwas. Offenbar fehlte ihm die Nähe zur rechten Schwester. Was zusammengehörte, war jetzt getrennt. Joachim fühlte sich aufgerufen, helfend einzugreifen. Mit beiden Händen umfasste er zart Kristas linke Brust, formte die weiche Üppigkeit wie einen Zuckerhut, und hauchte auf die rosige Spitze einen langen Kuss. Was der Eigentümerin, derart getröstet in ihrem Heimweh nach Hamburg, nicht unangenehm zu sein schien. Selig wie ein Baby schlief sie ein.

20. Wie Moskau Ludwig Erhards 100. Geburtstag feierte und auch Joachim Bock dabei das Wort ergreifen durfte

Joachim Bock reiste dienstlich wenig. Das war insofern auffällig, als die meisten seiner Kollegen ständig in aller Welt umherzogen. Erst vor kurzem hatte sich sein Zimmernachbar mit den Worten in den Ruhestand verabschiedet, von seinen dreißig Dienstjahren habe er sechs auf Auslandsreisen zugebracht. 75mal habe er die New Yorker Metropolitan Opera besucht, fast genauso oft die Opern in Paris, in Rom und in London. Selbst das Fenice in Venedig habe er dienstreisend noch gesehen, ehe es in Flammen aufgegangen sei.

Nicht so Bock. ‚Der Rheinländer verreist an sich nicht gern' war auf dem Werbeplakat einer Kölner Brauerei zu lesen. Und zumindest was Bock betraf, war diese Werbung die reine Wahrheit. Natürlich wurde er häufig ins Ausland eingeladen; zum Wettbewerbsrecht gab es viel zu bereden in Brüssel und New York und neuerdings sogar in China. Doch Joachim ließ lieber andere für sich reisen, nach New York seine Vorgesetzten, nach Brüssel seine Referenten. So kannte er die Met noch immer nicht, und seine dominierende Erinnerung an Brüssel war die an einen dicken Bauch, der von ihm abstand wie bei einer Schwangerschaft, weil er dort vor lauter Vorbesprechungen und Nachbereitungen wieder mal zu spät und zu viel gegessen hatte.

Als sein Chef, Unterabteilungsleiter Werner Stimpel, ihn eines Tages fragte, ob er ihn in Moskau bei der Feier des 100. Geburtstags von Ludwig Erhard vertreten könne, hielt er das zunächst für einen Scherz. Stimpels Miene war aber traurig wie immer. Die Finanzakademie der Russischen Föderation veranstaltete eine Tagung zu Ehren Ludwig Erhards, und über die F.D.P-nahe Friedrich-Naumann-Stiftung war Werner Stimpel eingeladen, dort etwas zu referieren, ganz gleich was. Stimpel konnte aber nicht, weil er zur gleichen Zeit in New York bei irgendeiner Unterorganisation der UNO über die Harmonisierung irgendeines Rechtsgebiets beraten musste und bei dieser Gelegenheit einen alten Freund in Canada besuchen wollte.

Wäre es eine der üblichen unsinnigen Reisen gewesen, etwa zu Fragen des Wettbewerbsrechts, hätte Joachim sicherlich abgewinkt. Aber eine Ehrung Ludwig Erhards und der Marktwirtschaft in Moskau in einem Gebäude, in dem, wie er hörte, früher das politökonomische Forschungsinstitut der KPdSU gesessen hatte, das war so kurios, dass sein Sinn für Komik die Oberhand gewann.

„Ludwig Erhard“, sagte Irina Jakoblewa, die Präsidentin der Akademie in Moskau, in ihrer Begrüßungsansprache, „war ein großer Wirtschaftswissenschaftler und Staatsmann.“ So sagte sie es natürlich nicht, sondern auf russisch, und Bock hörte es aus seinem Knopf im Ohr in deutscher Übersetzung, gesprochen von einer Männerstimme, die ihr Deutsch wahrscheinlich noch einem langen DDR-Aufenthalt verdankte. „Wir haben von Deutschland immer gern gelernt“, schmeichelte die Präsidentin ihren deutschen Gästen. „Lange sind wir den Lehren von Karl Marx gefolgt, aber jetzt wollen wir es mit Ludwig Erhards Marktwirtschaft versuchen. Sein Buch ‚Wohlstand für alle‘ hat uns tief beeindruckt.“

Irina Jakoblewa war von imposanter Körperfülle. Ihr weißblondes Haar hatte sie in wuchtigen Tollen um ihr Haupt gewunden und mit einem dünnen hellen Netz gesichert. Sie trug ihr Jackett aus Goldlamé wie eine Rüstung und redete temperament- und kraftvoll ohne jeden Zettel, und sie redete gern. Zu Ludwig Erhard, dachte Joachim, hätte sie figürlich gut gepasst; aber der hätte in einer Partnerschaft mit ihr wohl nicht viel zu sagen gehabt. Was ihm Professor Sokolinski, der gut deutsch sprach und auf russisch ein Buch über Ludwig Erhard geschrieben hatte, am Abend bei einer Zecherei in kleiner Runde bestätigte. Die Jakoblewa, so Sokolinski, sorge gut für alle Akademie-Mitglieder in diesen schweren Zeiten, aber sie lasse niemanden nichts entscheiden. „Bei uns herrscht das Matriarchat, und unter uns nennen wir sie alle nur Mutti."

Über eine Viertelstunde hatte Mutti Jakoblewa geredet, bis sie mit einem letzten „Ludwig Erhard" das Wort an Botschafter von Studnitz übergab, der auf russisch einige artige Worte von sich gab. Danach sprach Otto Wolf von Amerongen, der mit seinen über 80 Jahren wie ein alter Burgschauspieler wirkte, wie ein O.W. Fischer aus dem Rheinland. Von Amerongen, das sah man wohl, war in Russland äußerst wohl gelitten. Er hatte sich hier schon engagiert, als der kalte Krieg noch tobte und ein Ludwig Erhard und seine Marktwirtschaft hier nicht einmal in Katakomben hätten hausen können.

Nach der Stunde der Grußworte, in der Ludwig Erhards Name etwa hundertmal genannt worden war, sprachen zwei Tage lang drei Dutzend russische Wissenschaftler, Politiker und Wirtschaftsbosse über das deutsche Beispiel und priesen Ludwig Erhard mit einer Inbrunst, wie es ihm in Deutschland nie widerfahren war. Seine russischen Bewunderer erhofften sich offenbar von ihm sehr viel: ein neues Wirtschaftswunder mit schnellem Wohlstand für alle, zumindest für alle Wissenschaftler, Wirtschaftsbosse und Politiker.

Auch ein gutes Dutzend Deutscher war zur Konferenz gekommen, darunter der Geschäftsführer der Ludwig-Erhard-Stiftung, ein Kölner Ökonomieprofessor und mehrere Repräsentanten der deutschen Wirtschaft, von Daimler-Benz bis Hella Lampen.

Der Kölner Gelehrte sprach über „Die Rolle des Staates in der modernen ökonomischen Theorie". „Als Ausgangspunkt wähle ich den Liberalismus“, dozierte er, „jene große Geistesströmung, die in den letzten drei Jahrhunderten eine so bedeutende Rolle gespielt hat und einen guten Teil dessen ausmacht, was als das westliche Denken bezeichnet werden kann. Auch die Marktwirtschaft hat darin ihre Wurzeln. Die Kernfrage des Liberalismus ist aber die, wie weit in einer Gesellschaft freier Menschen die Handlungsfreiheit des einzelnen gehen darf und muss, oder, von der Gesellschaft her betrachtet, wo der Staat Grenzen ziehen muss, damit die Beziehungen zwischen den Bürgern kooperativ bleiben.“

Es gebe drei Arten von Liberalismus, ging der Professor ins wissenschaftliche Detail. Zunächst den anarchischen mit seinen Anhängern vor allem in den USA, die den Staat am liebsten ganz abschaffen würden, auch die Polizei, an deren Stelle privat angestellte Wachmänner treten könnten. Weniger radikal sei der klassische Liberalismus, der den Staat als notwendiges Übel ansehe und Dinge wie die Landesverteidigung durchaus akzeptiere. Gerade hier hakten allerdings die Radikalliberalen ein und verwiesen auf die libanesischen Milizen, die viel billiger seien als herkömmliche Armeen und mit weit weniger Verlusten kämpften. Schließlich der Sozialliberalismus, der dem Staat nicht nur die Bereitstellung öffentlicher Güter zuweise, sondern auch den Sozial- und Wohlfahrtsstaat wolle. Was aber sozial und Wohlfahrt sei, werde immer weiter vorgetrieben bis an die Grenzen der Finanzierbarkeit, die in Deutschland jetzt schon überschritten seien.

Bis hierhin konnte Joachim folgen, und das war auch den Russen zuzumuten, selbst wenn das alles für sie wie Musik von einem anderen Stern klingen musste. Denn an die Abschaffung des Staates und der Polizei war hier nicht zu denken, und die Gefahr eines übertriebenen Sozialstaats war im Augenblick sicher nicht ihr Problem. Jetzt aber wurde der Vortrag des Professors komplizierter. Er trug die Theorie des Marktversagens vor. Dabei gehe es darum, was der Markt und was der Staat besser leisten könne. Grundlegendes Kriterium für diese Frage sei, dass ein gesellschaftliches Optimum immer dann vorliege, wenn die knappen Ressourcen einer Volkswirtschaft so eingewiesen würden, dass ein Individuum nur noch zu Lasten eines anderen bessergestellt werden könne. Das sei zwar sehr abstrakt, aber wahr, und der Markt versage, wo er dieses Optimum nicht schaffe. Praktische Fälle des Marktversagens seien externe Effekte, der Umweltschutz zum Beispiel, für den der Autofahrer nichts leiste, wenn der Staat die Mängel der marktlichen Preisrechnung nicht beseitige und für den Umweltverzehr nicht zur Kasse bitte. Ferner nannte der Professor die öffentlichen und quasi öffentlichen Güter, wobei er als Beispiel die Radiowellen nannte, ferner die natürlichen Monopole an Leitungsnetzen für Elektrizität, für Gas und für Wasser, wo sich der Markt nicht recht entfalten könne und deshalb tatsächlich oder bloß vermeintlich versage.

Aber auch der Staat könne versagen, sagte der Professor. Die Theorie vom Staatsversagen besage: ‚Gehe stets davon aus, dass Politiker und Bürokraten eigennützig sind! Sie denken zunächst an sich selbst, an ihre Wiederwahl, an ihre Einnahmen, an ihre Klientel.' Das sei die Achillesferse der Demokratie. Man müsse das Für und Wider beider institutionellen Arrangements in jedem Einzelfall sorgfältig ökonomisch abwägen. Das sei oft nicht leicht, weil die Kosten und der Nutzen nicht immer klar zutage lägen. Die liberalen Ökonomen, schloss der liberale Kölner Ökonom, hätten aber die Hoffnung, dass das Prinzip des Marktes sich durchsetzen werde.

Nach ihm sprach der Präsident des Russischen Unternehmerverbandes. Der Tenor seiner erfreulich kurzen Rede war: ‚Lasst uns nur machen, dann machen wir es schon!' Aber einige ältere Professoren wollten ihn nicht machen lassen, redeten von Moral, von Humanität, von nicht gezahlten Renten und Gehältern und vom Staat und seinen Pflichten. Das ließ Joachim unsicher werden, was er von der russischen Marktwirtschaft halten sollte. Wenn sein Gehalt drei Monate nicht gezahlt würde, dachte er, wäre er auch empört, und wenn es sechs Monate ausbliebe, würde er einer kommunistischen Partei die Stimme geben, das war klar. Während er noch um einen Standpunkt rang, hörte er plötzlich guttural verfremdet seinen Namen aus dem Knopf im Ohr und sah den Vizepräsident auf dem Podium ihm aufmunternd zulächeln. Natürlich hatte er ein paar Seiten vorbereitet, über die Gesetzgebung unter Ludwig Erhard, über dessen Ringen um das Kartellgesetz an vielen Fronten, gegen die SPD und gegen den traditionell kartellfreundlichen Bundesverband der Deutschen Industrie. Auch zum Außenwirtschaftsgesetz, das erst im Jahre 1961 in Kraft getreten war, stand etwas auf seinem Zettel. Aber als er ans Rednerpult ging, fand er es plötzlich peinlich, schon wieder Ludwig Erhard anzubeten und sich hier im russischen Chaos auf die deutsche Schulter zu klopfen. So steckte er sein Manuskript wieder in die Tasche und hörte sich sagen:

„Wir haben gestern und heute viel Lob für Ludwig Erhard und den deutschen Weg zur Marktwirtschaft gehört. Wenn ich aber ehrlich sein soll, so können Sie heutzutage in Deutschland vor allem lernen, wie man es besser nicht machen sollte." Als Beispiele für hausgemachte marktwirtschaftliche Sünden zählte er auf: die Ausnahmetatbestände des Kartellrechts für die Energiewirtschaft und andere, das Fehlen jedes Anreizes zu volkswirtschaftlich vernünftigem Verhalten in den Sozialversicherungen, vor allem im Gesundheitswesen, und das nicht mehr finanzierbare Rentensystem. „Bis vor zehn Jahren haben bei uns Angestellte im öffentlichen Dienst, wenn sie Rentner wurden, mehr verdient als in ihrer Arbeitszeit. Und dann die Subventionen zur Erhaltung der Vergangenheit! Zehn Milliarden Mark zahlen wir jährlich an Zechen, die Steinkohle fördern zum dreifachen Preis des Weltmarkts. Für jeden Bergmann sind das 130 000 Mark, was dem Gehalt des Präsidenten einer Behörde oder Universität entspricht. Und niemand wagt es, das zu beenden, obwohl wir dafür Schulden machen müssen, die unsere Urenkel noch abzahlen werden."

Die Russen waren sichtlich irritiert. Doch Joachim ließ sich nicht mehr bremsen. Jetzt kam der Rechtsstaat dran. „An sich ist er ja etwas Schönes, aber wenn jeder gegen jeden Verwaltungsakt sieben Jahre lang durch vier Instanzen prozessieren kann und deshalb kein Investor bei uns mehr etwas zu bauen wagt , was mehr Emissionen hat als eine Kirche, dann wird aus der rechtlichen Wohltat ökonomisch eine Plage. Ganz zu schweigen von der Normenflut." Und er erzählte den Russen etwas von Laokoon und den Schlangen, merkte aber an ihren Mienen, dass sie Laokoon nicht kannten. So gab er ihnen ein Beispiel: „Einer meiner Kollegen hat in einem Dorf einen alten Bauernhof geerbt. Es meldete sich bei ihm ein Unternehmer, der in dem Gebäude Gartenzwerge produzieren wollte; denn Gartenzwerge sind in Deutschland sehr beliebt. Fünfzig neue Arbeitsplätze wollte er schaffen, und der ganze Ort, der auf diese Weise alle seine Arbeitslosen loszuwerden hoffte, war begeistert. Aber dann kam folgendes: Das Gewerbeaufsichtsamt ließ die Herstellung der Gartenzwerge im Bauernhaus nicht zu, weil dessen Fenster zu klein seien und nicht der Arbeitsstättenverordnung entsprächen; der Schutz der Arbeiter verlange größere Fenster. Gut, sagte mein Kollege, dann vergrößere ich die Fenster eben. Das aber verbot ihm die Denkmalschutzbehörde, die dafür sorgt, dass alte Häuser so bleiben, wie sie sind. Der Unternehmer stellt jetzt die deutschen Gartenzwerge in Belgien her."

„Wenn Ludwig Erhard heute noch einmal auf die Erde käme", schloss Joachim, „wäre er mit uns sehr unzufrieden. Und würde er noch so viele Reden halten, in denen die Worte Marktwirtschaft und Maßhalten häufig zu hören wären, wir Deutschen würden wieder nicht auf ihn hören." Er setzte sich. Es gab nicht viel Applaus. Joachim Bock hatte im Ausland sein Nest beschmutzt, und so etwas tat man nicht.

Am Ende des zweiten Tages begaben sich alle Konferenzteilnehmer zum Empfang des deutschen Botschafters. Vorher bekam aber jeder Referent noch ein letztes Wort. Der Geschäftsführer der Ludwig-Erhard-Stiftung fasste beckmesserisch zusammen, was Ludwig Erhard gemeint und gewollt habe und was nicht. Zu viele Redner seien von des Meisters wahrer Lehre abgewichen, hätten statt auf die positive Anarchie des Marktes auf Planbarkeit und Lenkung und auf den Staat gesetzt. Man sah es seinem besorgten Blick an, wie sehr ihn das schmerzte.

Der Kölner Professor war, als er aufgerufen wurde, schon nicht mehr im Saal. Er telefonierte gerade mit seiner Gattin, was alles sehr verkürzte.

Als Joachim Bock sein Schlusswort sprechen sollte, war es Mittwochnachmittag kurz vor siebzehn Uhr. Ursprünglich hatte er sich eine Bemerkung darüber zurechtgelegt, dass es im vorigen Jahrhundert eine Zeit gegeben habe, in der die Russen der Marktwirtschaft schon näher gewesen seien als die Deutschen. Ein junger Mann, hatte er sagen wollen, konnte damals in Deutschland nur Bäcker werden, wenn sein Vater schon Bäcker war oder wenn er die Tochter oder die Witwe eines Bäckers heiratete. Er wollte vom Bonner Ehrenbürger Alexander Koenig erzählen, dessen Großvater als Bäcker in St. Petersburg sein Glück gemacht hatte und dessen Vater in Russland so reich geworden war, dass er sich als Ferienhaus in Bonn die Villa Hammerschmidt kaufen konnte, in der jahrzehntelang der Bundespräsident residierte. Das alles sagte er aber nicht. Seit sechzehn Uhr musste er nämlich dauernd daran denken, dass dies eigentlich die Stunde war, in der er sich allwöchentlich auf Krista Hansen freute. Er stellte sich vor, wie schön es wäre, wenn ihn jetzt gleich statt des hageren Botschafters von Studnitz die vollbusige Familienrichterin Hansen empfangen würde, und diese Vorstellung erregte ihn mehr, als es so kurz vor seinem Schlusswort schicklich war.

Als Bock dann das Wort erhielt, verband er das eine mit dem anderen und sagte: „Die Marktwirtschaft hat etwas gemeinsam mit der Liebe. Es ist schön, darüber zu reden, und es ist schön, darüber zu schreiben. Aber noch schöner ist es, wenn man es macht." Auf einigen Gesichtern im Saal erschien ein Lächeln. Doch die meisten hielten den Vertreter der deutschen Friedrich-Naumann-Stiftung wohl für gaga.

21. Die Menschwerdung des Regierungsdirektors Löhrer und Krista Hansens Nudelauflauf

Anfang Oktober. Ein Jahr und zwei Wochen waren jetzt vergangen, seit Therese das von Joachim bereitete Frühstück mit der obligatorischen Avocadohälfte nicht mehr hatte zu sich nehmen können. Joachim hatte in diesem Jahr trotz aller Bemühungen, allein zurechtzukommen, noch häufig zu Therese aufgeschaut, mit ihr geredet und das meiste, was ihm begegnete, daran gemessen, was sie dazu sagen würde. Doch eine Avocado hatte er seit jenem Sonntag im September nicht mehr angerührt, und das, obwohl ihm diese Frucht durch den Urlaub im Kibbuz, wo er sie hatte aufwachsen sehen, viel vertrauter war als zuvor.

Überhaupt hatte sich Joachim am stärksten in seinen Eßgewohnheiten von Therese emanzipiert. Das fing mit dem Frühstück an. Er aß kein Körnermüsli mehr, sondern nur noch Porridge, weil er es satt hatte, jeden Abend daran denken zu müssen, zwei Handvoll 6-Korn-Mischung zu schroten und in Wasser einzuweichen. Mit dem Porridge brauchte er sich erst fünf Minuten vor dem Frühstück zu befassen. Er streute einen Löffel Haferkleie darüber, so hatte es fast so viele Ballaststoffe wie das Müsli. Immer öfter fuhr er sogar ganz ohne zu frühstücken ins Ministerium, holte sich dort im Casino zwei Käsebrötchen und trank ein Kännchen Tee dazu. Therese hätte das nie gebilligt. Aber der Umstand, eine halbe Stunde früher im Ministerium einzutreffen, hatte den Vorteil, gegen Werner Stimpel, der immer pünktlich kam, nicht so augenfällig abzufallen. Ob man nämlich in einer Behörde den halben Tag mit Zeitunglesen, im Casino oder bei Geburtstagsfeiern zubringt, ist nicht von Belang. Die Hauptsache ist, man kommt morgens pünktlich zum Tor herein und schreitet am Nachmittag nicht vor Dienstschluss zum Tor hinaus.

Abends aß Bock so gut wie immer zwei oder drei Scheiben Schwarzbrot mit mittelaltem Gouda. Ab und zu kochte er sich auch einen Grießbrei mit Zucker und Zimt; das waren seine süßen Abende. Therese hatte abends immer warm gekocht, und jede Mahlzeit hatte mit einer Salatplatte begonnen, wegen der Vitamine. Das war Joachim zu viel Arbeit. Vitamine schluckte er jetzt in Tablettenform, doch um Therese nicht allzu sehr zu enttäuschen, lud er sich jedes Mal, wenn es im Casino die Salat-Bar gab, den Teller randvoll.

Es traf sich gut, dass der Kantinenwirt einige Wochen vor Thereses Tod diese Salat-Bar-Tage eingeführt hatte. Zu Beginn hatte er für einen Dessertteller voll Salat 3,95 DM verlangt und für den großen Menuteller 4,95 DM. Das mag vielleicht gut kalkuliert gewesen sein, doch der Wirt hatte die Rechnung ohne seine Gäste gemacht und nicht mit der Spar-Mentalität der Beamten gerechnet. Um die eine Mark zu sparen, schichteten die auf den kleinen Tellern unter großem Zeitaufwand kunstvoll so hohe Salattürme auf, dass der Wirt nicht mehr auf seine Kosten kam. Deshalb hatte er nun an den Salat-Bar-Tagen neben den Kassen elektrische Waagen mit flachen Platten aufgestellt, auf denen jeder Salatteller gewogen und nach Gewicht genau berechnet wurde.

Am Wochenende und an Feiertagen aß Joachim im Restaurant, beim Türken, beim Italiener oder beim Chinesen; die wenigen in Bad Godesberg verbliebenen deutschen Gaststätten waren ihm zu schmierig oder zu teuer. Am liebsten aß er bei Charlotte, die ihn oft einlud. In ihrer Küche lebte Thereses Kochkunst fort, nur etwas freier im Umgang mit den Rezepten, so dass in allen Speisen Therese wiederzuerkennen war, aber leicht abgewandelt wie das Gesicht der Mutter in dem der Tochter.

Eigenartig, neun Monate kannte er nun schon den Intimbereich von Krista Hansen, aber ob sie kochen konnte, wusste er nicht. Die Frage hatte ihn auch nie beschäftigt, erst jetzt dachte er darüber nach. Einiges sprach dafür, dass sie kochen konnte, und zwar gut. Erstens hatte sie zwei Kinder, die beständig Mahlzeiten erwarteten, und zweitens war Krista sinnlich bei der einen fleischlichen Sache, was dafür sprach, dass sie es auch bei der anderen war. Sage mir, wie Du isst, und ich sage Dir, wie Du liebst. Warum sollte man diese Lebensweisheit nicht auch umdrehen können? Und wer gerne isst, der interessiert sich meistens auch fürs Kochen. Für Joachim stand also fest, dass Krista Hansen kochen könne, wenn auch, als berufstätige Frau, wohl nicht ganz so gut wie einst Therese.

Als sich am ersten Wochenende im Oktober zum ersten Mal die Gelegenheit ergab, für mehr als nur ein paar Stunden zusammen zu sein, Kristas Mann war für zwei Wochen auf irgendeiner Konferenz in Südamerika, der Sohn war auf Klassenfahrt in Rom und die Tochter zu Besuch bei der Großmutter in Buxtehude, sollte es, wenn auch ungeplant, zu einer Kochprobe kommen.

Fest davon ausgehend, dass Krista bei ihm übernachten würde, hatte Joachim, ohne sich mit ihr abzusprechen und ohne dabei ans Kochen bestimmter Gerichte zu denken, am Freitag in der Mittagspause reichlich Lebensmittel eingekauft, einfach so drauflos und von allem etwas, nur um endlich wieder einmal den Kühlschrank voll zu haben: vier Sorten Käse, Schinken, Leberwurst und Aufschnitt, was er sonst nie aß, drei verschiedene Marmeladen, drei Brote, Florentiner und Pralinen, Weintrauben und Tomaten und sogar wieder einmal eine reife Avocado, für sie zum Frühstück.

Joachim hatte das erste Wochenende mit Krista exakt geplant. Am Freitagabend würde er sie zu seinem Freund Friedhelm Löhrer und dessen Frau Irina mitnehmen; dieser Besuch war schon lange verabredet, und Joachim freute sich darauf, den beiden seine neue Freundin vorzuführen. Am Samstag würde er sie ins Gasthaus Sankt Michael zu einem Fünf-Gänge-Menu ausführen, und am Sonntag würden sie ins Kino gehen. Zuhause kochen war nicht vorgesehen.

Joachim hatte bei seinem Plan an alles gedacht, vor allem natürlich an sich, nur nicht an Krista. Als sie am Freitagnachmittag gutgelaunt im Meisenweg erschien, lehnte sie sein schönes Programm rundweg ab. Solange sie verheiratet sei, werde sie ihren Mann nicht bloßstellen und sich nie und nimmer mit Joachim bei Freunden oder sonst wie in der Öffentlichkeit zeigen. Also beschloss man, den Löhrers abzusagen und im Meisenweg zu bleiben.

Am Abend wollte Krista kochen und suchte mit geübtem Blick in dem chaotisch vollgestopften Kühlschrank und den Küchenschränken nach Zutaten. Viel war da nicht; aber für Spaghetti mit einer Sauce und Tomatensalat reichte es allemal. „Wir können auch einen Nudelauflauf machen", flüsterte sie ihm ins Ohr, „dann haben wir noch eine halbe Stunde Zeit für anderes." Woraufhin er sie umarmte und vorübergehend kochunfähig machte. „Ja, ich mag Auflauf", flüsterte Joachim zurück, „und Dich, und das Andere auch." Dann suchte er schnell nach einer Auflaufform, und Krista beeilte sich, die Nudeln samt Sauce hineinzuschütten. Routiniert legte sie obendrauf aus Goudastreifen ein Kreuzbandmuster wie bei der Linzer Torte. Dann schob sie das Ganze in den Ofen.

Die nächste halbe Stunde verbrachten sie mit dem Anderen, bis der Küchenwecker sie daran erinnerte, dass der Auflauf fertig war.

Kristas Pasticcio war prächtig gelungen; Joachim genoss es sehr, und den Rotwein aus dem Piemont dazu, und das schöne Gefühl, endlich, nach über einem Jahr, nicht mehr allein am Tisch sitzen zu müssen.

Joachim erzählte Krista von seinem Freund Löhrer. „Den Friedhelm kenne ich schon sehr lange, er war mein erster Referendar, als ich noch Richter war, und schon damals recht eigenwillig. Ich ließ ihn einige Begründungen von Urteilen gegen Exhibitionisten und Kinderschänder schreiben. Was er ablieferte, war gar nicht schlecht. Aber das Papier, auf dem er die Urteile schrieb, war vollkommen unpassend: ein hellblaues Damenschreibpapier in einem quadratischen Format, das auffällig aus den Akten herausragte und meistens auch noch einen schweren Duft von Parfum verströmte. Es war, wie er mir beichtete, das Briefpapier seiner Freundin, einer Pariserin, die er an jedem Wochenende besuchte und von der er so besessen war, dass er während der Woche wenigstens in dieser Papierform mit ihr verbunden bleiben wollte. Ich habe ihn gewähren lassen, auch wenn die Kollegen und vor allem die Geschäftsstellenbeamtin darüber außer sich waren."

„Hat er denn seine Pariserin bekommen?" fragte Krista.

„Das schon; doch die Ehe ist gescheitert. Der Hauptgrund war, dass er sich immer nur mit seiner Menschwerdung beschäftigte, woran er übrigens auch heute noch arbeitet. Sein Problem ist seine strenge katholische Erziehung, von der er sich seit drei Jahrzehnten zu befreien versucht. Er hat es nie verwunden, hat er mir einmal erzählt, dass er als Junge nicht onanieren durfte. Nachts schlief er im Ehebett neben der bigotten Mutter, einer Kriegerwitwe, und beide Hände mussten immer oben auf der Bettdecke liegen."

„Hätte er denn nicht tagsüber onanieren können?"
„Das habe ich erst auch gedacht. Aber das Onanieren war im Grunde gar nicht sein Problem, sondern die Demütigung, dass die Hände auf der Decke liegen mussten."

Krista nickte. Als Hamburgerin hatte sie einen feinen Sinn für Würde.

„Die Mutter hat in dem Jungen also Fürchterliches angerichtet“, fuhr Joachim fort, „dabei hatte ihre Maßnahme, theologisch betrachtet, nicht den geringsten Sinn. Die Sünde hat sie nämlich nicht verhindert. Denn Sünde setzt voraus, dass man sich frei für oder gegen sie entscheiden kann. Wem aber die Hände gebunden sind, der kann die Sünde der Unschamhaftigkeit nicht begehen, zumindest nicht in Werken. Aber schlimmer noch: Die Mutter Löhrer hat den Jungen in diesen Nächten an der Menschwerdung gehindert; denn zum Menschsein gehört die Möglichkeit zum Sündigen. Vor allem das unterscheidet uns vom Sperling und vom Apfelbaum. Hätte sie ihn damals onanieren lassen, so hätte er es danach vielleicht bereut und hätte auf diese Weise, immer noch theologisch betrachtet, ein Gotteskind werden können.“

„Das ist mir alles viel zu katholisch.“

„Einverstanden, lassen wir die Sünde Sünde sein. Friedhelm hat sich ohnehin inzwischen so befreit, dass es für ihn die Sünde nicht mehr gibt. Er hat sich Buddha zugewandt und den Bagwangs angeschlossen, die sich neuerdings Sanjassin nennen. Er trägt ein Bild vom Osho an einer Holzkette um den Hals und verbringt seine Urlaube in Poona.“

„Und ist er dadurch Mensch geworden?“

„Anscheinend noch nicht so ganz . Neulich erzählte er mir von einem neurolinguistischen Seminar. Dabei gehe es um die Wahrnehmung von Sprache und des Verhaltens anderer durch die Sinnesorgane. Der Mensch verstehe den anderen Menschen nicht nur mit den Ohren und dem Verstand, sondern auch mit den Augen, den Händen und dem Bauch.“

„Vor allem mit dem Bauch." lachte Krista und schob sich eine dicke Gabel Nudelauflauf in den Mund.

„Du lachst. Aber mein armer Freund nimmt das alles ganz ernst. Sein neuestes Selbstfindungsprogramm heißt ‚bioenergetisches Training'. Dreimal habe er schon teilgenommen, und jetzt könne ihn nichts mehr erschüttern, erzählte er mir gestern am Telefon."

„Und was macht er denn bei diesem Training?"

„Das sind Körperübungen, sagt er, Muskeln werden zeitlich überdehnt. Und eine Atemtechnik. Verschüttete Sachen kommen dabei heraus. Die Gruppe besteht aus dreizehn Frauen und sechs Männern. Bei zwölf von den Frauen ist herausgekommen, dass sie früher einmal sexuell missbraucht worden sind. Auch von den sechs Männern ist einer missbraucht worden, und das ist er."

„Und wie kommt so etwas heraus? Durch einen Speicheltest vielleicht?" Krista konnte oder wollte Friedhelms Menschwerdung offenbar nicht ernst nehmen.

„Spotte du nur über meinen Freund", lachte Joachim, „aber das Verfahren ist sehr schmerzhaft, wenn ich ihn richtig verstanden habe. Jede Zelle des Körpers speichert alles, was einem Menschen zustößt, und mit viel Zuwendung, beim Tanzen und Schreien in Extase kommt alles wieder heraus."

„Wie bei einem Vollwaschgang", gähnte Krista, und Joachim verstand endlich, wie sie sich die weitere Gestaltung des Abends vorstellte.

So kam es, dass Krista an diesem Abend nicht mehr erfuhr, dass sich Friedhelm Löhrer schon seit zwei Jahren Sumantra nannte, trotzdem dieses Jahr nicht wieder nach Poona, sondern nach Portugal fahren würde, in ein Heilbiotop des ZEG, des Zentrums für experimentelle Gesellschaftsgestaltung, das seinen Gästen freie Liebe, Tanz und Therapie anbot, um sie anschließend wieder in ihre bürgerlichen Berufe zu entlassen, wie Freund Friedhelm alias Sumantra, den Neuinder aus Alfter bei Bonn, der als Regierungsdirektor bei der Kölner Oberfinanzdirektion für die Steuererklärungen der niedergelassenen Ärzte zuständig war, sich wunderte, wie wenig Steuern diese Großverdiener zahlten, und deshalb seine Erzählungen aus dem Beruf immer wieder mit dem Ausruf enden ließ: „Das sind alles Verbrecher!"

Als Joachim mitten in der Nacht einmal kurz aufwachte, kam es ihm vor, als habe er das vergangene Jahr in seinen eigenen vier Wänden wie in einem Hotel geschlafen. Dieses Haus ohne Hüterin war ihm fremd geworden, und das Bett ohne Partnerin öde. Noch immer ruhte seine rechte Hand auf Kristas rechtem Busen, und er ließ sie dort; denn diese warme weiche Masse gab ihm jetzt Halt und ließ ihn fühlen, wo er von nun an hingehörte. „Ich liebe Dich", flüsterte er in die Dunkelheit; aber die drei Worte, auf die Krista schon so lange wartete, erreichten sie nicht mehr. Dazu schlief sie viel zu fest.

22. Von der Liebe zu den Apfelbäumen

Als Joachim aufwachte, war es acht Uhr, die Sonne schien, und er war glücklich. Von Krista im Nachbarbett war nicht viel zu sehen; sie hatte sich das Kissen über den Kopf gezogen und machte keinerlei Anstalten aufzuwachen. Und er brachte es nicht übers Herz, sie aufzuwecken. Dabei hätte er ihr so gerne laut und bei hellem Tageslicht gesagt: „Ich liebe Dich."

Doch er musste aus dem Haus, weil eine anderer Liebe rief: Die Liebe zu den Apfelbäumen. Es war Samstag, und in einer Stunde begann die Ernte in den Streuobstwiesen. Das Dumme war, dass er gestern vergessen hatte, Krista auf diesen Muss-Termin vorzubereiten. Nein, vergessen hatte er es eigentlich nicht. Er wollte es ihr lieber schonend beim Frühstück beibringen, bei den vier Käsesorten, dem vielen Aufschnitt und der halben Avocado. Doch als Krista um viertel vor neun immer noch fest und selig schlief, entschloss er sich, ihr nur ein paar Zeilen auf einen Zettel zu schreiben. Dann brach er eilig auf zu seinen Apfelbäumen.

Als Krista aufwachte, war es neun, und sie fühlte sich sehr gut. Sie lag in einem fremden Bett, blickte auf sonnenhelle Jalousetten und wusste zunächst nicht, wo sie war. Dann begriff sie und hatte nur den einen Wunsch, sich umzudrehen und bei Joachim zu sein. Aber das Bett neben ihr war leer. Zuerst vermutete sie Joachim im Bad oder irgendwo im Haus und wartete und lauschte. Sie rief nach ihm, dann sprang sie aus dem Bett und lief durchs Treppenhaus. Er war nicht da, er hatte sie allein gelassen.

Wut erfüllte sie. Auch etwas wie Angst; sie fühlte sich von dem fremden Haus bedroht. Die Wände kamen plötzlich näher. In einem Anflug von Panik raste sie durch das Haus, sammelte ihre Sachen zusammen und lief damit ins Bad. Zehn Minuten blieb sie unter der Dusche stehen und weinte viele heiße Tränen in das warme Wasser, das über ihre Wangen rann. Als sie, erschöpft vom Weinen und Duschen, in die Küche kam, entdeckte sie das Tablett mit den vier Käsesorten, dem Aufschnitt und der halben Avocado und sah den Zettel, den Joachim für sie geschrieben hatte. Das hätte sie versöhnen sollen, machte sie aber noch wütender. Hatte er ihr nicht erzählt, er habe auch seiner Frau sonntags das Frühstück ans Bett gebracht? „Ich bin für ihn nur ein Ersatz für Therese, aber ohne Seele, nur zwei dicke Brüste und ein bequemes Schlupfloch für einmal in der Woche. Er denkt nur an sich. Wie hätte er mich sonst in diesem fremden Haus allein gelassen ohne ein einziges Wort? Wahrscheinlich kann er überhaupt nicht lieben. Ja, er ist im Grunde impotent wie fast alle Juristen, nur eben auf seine graue unscheinbare Art, was noch schlimmer ist, weil man auf so etwas leichter hereinfällt als auf die Wichtigtuer." Und ohne von dem Frühstück auf dem Tablett etwas anzurühren, stürzte sie aus dem Haus.

Noch ehe sie aber mit ihrem Auto Kessenich erreichte, ließ die wütende Erregung nach, und sie wäre am liebsten wieder umgekehrt. Aber sie hatte keinen Schlüssel zum Haus im Meisenweg.

Währenddessen näherte sich Joachim zügig dem Drachenfelser Ländchen. Auf einem Kultursender hörte er Barockmusik, viel lauter als gewöhnlich, Domenico Scarlatti in Dur entsprach vollkommen seiner glücklichen Gemütsverfassung. Endlich wieder lieben können! Ja, er liebte Krista jetzt ganz und nicht nur ihren Körper. Um sich den Unterschied zwischen Jetzt und Früher gedanklich klarzumachen, wechselte er unwillkürlich in die juristische Begrifflichkeit. „Früher und Jetzt", dachte er, „verhalten sich zueinander wie Besitz und Eigentum." Das eine war etwas Relatives, Tatsächliches, Vorübergehendes, das andere ist etwas Absolutes, Allumfassendes, Permanentes. Das eine begnügte sich mit einem – wenn auch wesentlichen – Teil, das andere ging aufs

Ganze. „Der Eigentümer kann mit der Sache nach Belieben verfahren und andere von jeder Einwirkung ausschließen (§ 903 BGB)." schoss es ihm durch den Kopf. Noch heute Mittag würde er Krista einen Heiratsantrag machen. Sie gehörte jetzt zu ihm, und er wollte sie mit keinem anderen mehr teilen. Er bemerkte, dass er eifersüchtig war.

Wenig später stand er hoch oben in den Ästen eines Apfelbaums. Es war derselbe, den er im Herbst geschnitten und in dessen Krone er über den Text der Annonce nachgedacht hatte. Daniela Niederhausen hatte Joachim zum Schütteln eingeteilt, und nach einem Warnruf schüttelte er so kräftig, wie er konnte. Es prasselte in die große grüne Plane, die Hans Bösert und die Vizepräsidentin unten hielten, um den Aufprall abzumildern. Was da prasselte, war die Winter-Goldparmäne, ein ebenmäßig runder Apfel warm-rot bis orange mit kleinen Sprenkeln, die ihn nur noch schöner machten, ein Apfel, der, wie er von Anneliese Bauer wusste, aus Frankreich stammte, aber erst über England nach Deutschland gekommen war.

Unten in der Wiese ging es heute lebhafter und bunter zu als sonst. Außer den sieben Vereinsmitgliedern, die immer kamen, war eine ganze Schulklasse samt Lehrerin aus Godesberg angeradelt. Joachim sah von seinem Hochstand aus auf die vielen Mützen, Jacken, Hosen in allen Farben des Regenbogens, die jetzt die Goldparmänen in Plastikeimern sammelten. Geradezu vornehm hoben sich die drei Kühe, die sich in die Wiesenecke zurückgezogen hatten und von dort abgeklärt zu ihren Bäumen blickten, in ihrem klassischen Schwarz-Weiß gegen das bunte Treiben ab, und Joachim begriff zum ersten Mal, weshalb die Inder diesen Tieren so hohe Verehrung entgegenbrachten.

Noch einmal konzentriertes Schütteln und intensives Prasseln. Dann war Joachim nicht mehr bei der Sache. Es war eigenartig: Wenn er im

Ministerium am Schreitisch saß, dachte er oft an die Apfelbäume; wenn er aber in den Streuobstwiesen war, irrten seine Gedanken oft ab, in die Vergangenheit oder in die Zukunft. Heute waren sie bei Krista. Statt mit Hans Bösert, Daniela Niederhausen und der bunten Godesberger Schulklasse wäre er jetzt viel lieber mit ihr zusammen, und es ärgerte ihn, dass er auf den Zettel in der Küche nicht geschrieben hatte: „Ich liebe Dich."

Früher war sie in seinen Gedanken meistens nackt gewesen. Heute stellte er sie sich in Kleidern vor, im Lodenmantel, den sie bei ihrem ersten Treffen im Bistro Miebach getragen hatte, im Wald mit weißer Jacke und Bastis Schmutzflecken darauf, in Thereses Jogginghose und den dicken Wandersocken und zuletzt in dem langen, hellblauen Nachthemd, das sie in ihrer Aktentasche mitgebracht hatte und in dem sie ausgesehen hatte wie die Göttin Athene.

„Sin Se widde enjeschloofe, Herr Bock", rief Hans Bösert von unten herauf, „isch wööd nor ens schöddele, söns sin mer hück Oovend noch hee!"

Aus seinem Halbschlaf aufgeschreckt, kletterte Joachim in die Baumspitze, die noch voller Äpfel hing, und schüttelte ein letztes Mal und so lange, bis die grüne Plane unten vor lauter Goldparmänen kaum noch zu sehen war. Danach wollte er hinunterklettern; den Ehrgeiz, seinen Baum restlos abzuernten, verspürte er nicht, die Vögel sollten auch ihren Anteil haben.

Er warf einen letzten, selbstzufriedenen Blick auf das getane Werk, da entdeckte er, weit weg an der Spitze eines Astes, der vom Stamm fast waagerecht wegwuchs, einen Apfel, der schöner war als alle, die er bisher gesehen hatte. Sein reifes Rot glänzte im hellen Licht, mit Tautropfen fing er Sonnenstrahlen ein und warf sie glitzernd zurück. Den wollte er, den musste er haben. Er würde ihn Krista überreichen und dabei die drei Worte sagen.

Aber wie sollte er an diesen schönsten aller Äpfel herankommen? Der Ast darunter war zu schwach, auf dem konnte er nicht stehen. Der Stamm kam zum Festhalten nicht in Frage, von dort war es zum Ziel zu weit. So griff Joachim mit der linken Hand nach einem höheren Seitenast, der parallel über dem der schönen Goldparmäne wuchs, und streckte seine rechte nach dem Apfel aus, ein paar Zentimeter noch, jetzt konnte er ihn fassen. Im selben Augenblick hörte er ein kurzes, trockenes Knacken, dann ein Krachen, aber nicht sehr laut. Für einen kurzen Augenblick schwebte Joachim in der Luft. Dann begann er kopfüber einen freien Fall aus sieben Metern Höhe. In dem Bruchteil der Sekunde, der ihm noch blieb, war er bei Christa Hansen, und er fühlte sich ungerecht gerichtet ohne das letzte Wort an sie. Als er, die Goldparmäne in der Hand und mit dem Kopf zuerst, auf dem harten Wiesenboden aufschlug, war es kurz vor elf. Fünf Minuten später hätte es, wie immer, für alle Honigbrote gegeben.

Der Notarzt – Kuno, der Student, hatte ihn mit seiner Kawasaki herbeigeholt – diagnostizierte einen Berstungsbruch des Schädeldaches und der Schädelbasis quer durch die Gegend der Sella turcica, mit der höchstwahrscheinlichen Folge einer schweren Contusio cerebri mit subduralen Blutungen. Dazu vermutlich noch eine schwere Contusio spinalis durch Stauchungs- oder Distorsionsverletzung der Halswirbelsäule. Er verpasste dem bewusstlosen, aus Mund und Nase blutenden Patienten eine starre Halskrause sowie Infusion mit Plasma-Expander. Dann lagerte er ihn zusammen mit dem Sanitäter vorsichtig um auf die Bahre zum Abtransport in die Universitätsklinik, Abteilung Neurochirurgie.

Anneliese Bauer fuhr mit, hingekauert am Fußende der Bahre, schluchzend und immer noch die blutverschmierte Brille ihres Vereinsfreundes in der Hand. Seit Joachim bei seinem Sturz nur einen Schritt neben ihr aufgeschlagen war, stand sie unter einem Schock, der sich durch das Jaulen der Sirene auf dem Dach der Ambulanz noch verschlimmerte. So sehr, dass der neben Joachims Bahre sitzende Notarzt glaubte, sich auch um die Frau dort etwas kümmern zu müssen, die auf ihn einen stark hyperventilierten, fast präkollaptischen Eindruck machte. „Meine liebe Dame, beruhigen Sie sich doch! Die Kollegen in der Uni-Klinik werden ihr Bestes tun", redete er tröstend auf die weiter schluchzende Anneliese Bauer ein. „Natürlich muss man bei einem so schweren Fall mit allem rechnen; denn hexen kann unsereins ja auch nicht. Aber wenn man dann einmal davon absieht, dass Sterben immer traurig ist: Einen schöneren Tod kann man sich doch gar nicht wünschen."

Inhalt

Die Deutsche Bibliothek – CIP-Einheitsaufnahme
Von der Liebe zu den Apfelbäumen: Roman/Elmar Hucko.–
Halle: Mitteldt. Verl., 2001
ISBN 3-89812-074-0

ISBN 3-89812-074-0

Umschlaggestaltung: Peter Hartmann
Printed in Germany